中國古典名著少年版

⑦

封神榜

許仲琳原著

張慈娟改寫 ● 林鴻堯插畫

原書作者簡介及導讀

關於「封神榜」的作者，有一種說法是明朝進士鍾山逸叟許仲琳所編輯；另一種說法是明朝（或者說是元朝）道士陸西星所著。這兩派說法都各有依據，可惜因爲作者生平所留下的資料太少，非常難加以考證確實。

本書原文共分成十卷、一百回。就是依故事大綱、背景、登場人物分成十大篇，底下再依故事內容細分成一百個小回目，每一個回目闡述著一段故事的提要。

全書的主要內容，是敘述周朝開國功臣姜子牙興周滅商的經過。

商朝最後一位帝王——紂王的荒淫無道，注定了商朝將要滅亡的命運。就在這「商代氣數已盡，周室將要取而代之」的天命下，姜子牙肩負著「扶周滅紂」及「封神」的重大任務下山。在一場又一場與紂王對抗的過程中，周武王在姜子牙的輔佐下，憑藉著仁德感召了商紂的大臣們及各地諸侯前來歸順，奠定了伐紂勝利的基礎；因爲這場征戰而死去的人或是神仙，靈魂也獲得解脫，得到姜子牙分封神位，配祀人間。

故事中所描述的人物，有些是眞有其人其事；有些是眞有其人，但故事敘述並不一定符合史實；有些則是完全依照傳說所虛構之人物。所以建議讀者不要以讀歷史的眼光來看這本小說，可改以較輕鬆的方式來閱讀它，看看書中所描述的人物，包括神、佛，都有他們獨特的個性和脾氣；還有書中反映出的一種「氣數已定」的無奈——已經預知結果，但是所有的人都還是朝著這條既定的路走。

書中登場人物很多，故事都十分有趣，因限於篇幅關係，以大家平日較爲耳熟能詳的人物，挑選出他們的故事，改寫成這一本白話的封神演義小說。或許人物與別的小説（例如西遊記）比較，會有不同的面貌吧！

目次

第一回：狐狸精附身妲己／一
第二回：紂王無道建炮烙／二五
第三回：西伯侯悲憤食子／五四
第四回：靈珠子化身哪吒／八〇
第五回：姜尚下山佐周室／一一二
第六回：妲己設計害比干／一四三
第七回：飛虎歸周見子牙／一六九
第八回：魔家四將會子牙／二〇〇

第九回：太師兵敗絕龍嶺／二三三
第十回：子牙計收鄧九公／二六七
第十一回：過五關萬仙大戰／二九六
第十二回：東征凱旋封諸神／三二八

千年狐狸附在妲己身上，借她來迷惑紂王，斷送紂王江山。

靈珠子化身哪吒，生性好動，讓父親李靖很傷腦筋。

聞太師征戰西岐三年，最後被雲中子用紫金缽蓋上，跌落火海。

姜子牙登上祭壇，請武王即位，立國號為「周」，姜子牙完成封神。

第一回　狐狸精附身妲己

中國古老的年代裡，有一個王朝叫做「商」。大約在距今三千年以前，商朝的最後一位帝王即位，歷史上稱他爲紂王。

紂王在位初期，有賢明的太師聞仲輔佐他治理國家，還有英勇的鎮國武成王黃飛虎管理國防，因此老百姓得以安居樂業，國家富裕繁榮，天下八百個諸侯國全部都來歸順於商。

紂王七年春天的一個早上，宰相商容上朝稟告：

「明天是三月十五日，是女媧娘娘的誕辰，請求陛下駕臨女媧宮上香，爲萬民祈福。」

紂王問：「女媧是什麼神？有什麼功德？爲何要我去上香呢？」

商容回答：「女媧娘娘是天地混沌初開時代的一位女神，祂煉製了五色石，把破掉一邊的天空補好，老百姓非常感激祂的功德，所以建立了廟宇來祭祀祂。現在，因爲朝歌城中的老百姓奉祀這位福神，所以國運昌隆，風調雨順。對於這樣一位保佑國家的神明，陛下應當前往上香祭祀。」

紂王准奏。

第二天，紂王乘坐著輦車，帶領所有的文武百官，一行人浩浩蕩蕩前往女媧宮進香。當上香祈福儀式舉行

朝歌城：商紂王時代的首都，在今天河南省淇縣。

輦車：輦音ㄋㄧㄢˇ。古時候皇帝乘坐的轎子。

完畢後，紂王便乘機觀看女媧宮中華麗的建築。忽然，一陣狂風吹來，將女媧神像前的帳幔吹開，現出了美麗、端莊的女媧神像。紂王一看，想想自己貴爲天子，擁有無數的宮妃，但卻從來沒有看過如此漂亮的女子。於是他便命令隨從人員取來文具，在女媧宮的牆壁上題了一首詩，表達他對女媧神的愛慕，希望能將女媧神帶回宮中，陪伴在他身旁共同享樂。

宰相商容一看，立刻啓奏：「女媧娘娘是上古的女神，朝歌城的福神，今日陛下作詩調戲，恐怕女媧娘娘會降禍給我們，請求陛下將詩塗掉。」

紂王：「我看祂是絕世美女，作詩加以稱讚，沒有其他意思，你不要再說了。」說完後，他便率領文武百官返回朝廷。

這一天，神界的女媧娘娘辦完事情返回宮中，當祂坐在正殿中接受金童、玉女祝壽後，猛然抬頭，看到紂王在粉牆上題的詩句，非常生氣的說：「無道昏君，不知道修身立德以確保天下，反而作詩來調戲我。我算算商朝的氣數也將盡了，如果不給他一個教訓，便顯不出我的神威。」

女媧娘娘屈指一算，知道商朝還有二十八年氣數。祂命令彩雲童子取出招魂旗，一時之間，陰風慘慘，天下群妖全都聚集到女媧宮中，聽候女媧娘娘降旨。

女媧娘娘命令群妖退下，只留下軒轅墳中三隻妖精聽候差遣。這三隻妖精，一隻是千年狐狸精，一隻是九頭雉雞精，一隻是玉石琵琶精。

娘娘說：「三妖聽旨：商朝即將滅亡，西周聖王已

軒轅：黃帝的姓氏。黃帝是傳說中，中華民族共同的祖先。

經出現，這是天意。我命令你們隱藏妖形，變幻成人形，找機會混入紂王宮中，擾亂他的國政，加速商朝的滅亡。」三妖領旨後，化成清風離去。

話題再轉回紂王這一邊。紂王自從上女媧宮進香回來後，一直念念不忘美麗的女媧娘娘，朝思暮想，寢食難安。這時，紂王寵信的兩個奸臣費仲、尤渾，他們就向紂王進上讒言：「陛下，這有什麼困難，只要陛下明天下旨，命令四大諸侯各挑選美女一百名，送入宮中，陛下還怕找不到絕色美女嗎？」紂王聽了非常高興，他說：「你們非常了解我的心意，明日一大早，我立刻頒旨。」

當時，天下有八百個小諸侯國，分別由四個大諸侯所統領。東伯侯姜桓楚，西伯侯姬昌，北伯侯崇侯虎，南伯侯鄂崇禹，每個大諸侯各管轄兩百個小諸侯。

紂王聽了奸臣的纔言，第二天早朝在群臣朝拜完畢後，紂王便準備傳旨，命令四大諸侯挑選美女入宮。在聖旨將要發布時，只見有一老臣上前啓奏：「臣商容啓奏陛下，我聽說賢明的君王，會以人民的需要作優先的考慮。現在陛下宮中已有美女千名，再如此勞師動衆，以女色爲重，對國家來說並非好事，希望陛下能修養仁德，愛護老百姓。」紂王聽後，沈思了許久，終於說：「卿所說的確有道理。」便命令撤去旨意。

紂王八年夏天，天下四大諸侯率領八百個小諸侯到朝歌城覲見紂王。每個諸侯都知道，太師聞仲奉令北征，不在都城，朝政都由費仲、尤渾兩個奸臣把持，作威作福。諸侯來參見紂王，少不得要準備禮物先賄賂他們兩人。

這些諸侯當中，有位冀州侯蘇護，此人生性剛正，不會逢迎諂媚，他並沒有準備禮物給奸臣。費仲、尤渾在清查所有諸侯送來的禮物後，發現只有蘇護沒有送禮，便懷恨在心，想找機會報復。

某日，四大諸侯上朝覲見紂王，紂王命令宰相商容、亞相比干設宴招待，並且召來費、尤兩人，他說：「從前你們兩人曾經提過，頒旨命令四大諸侯各挑選美女百名一事，朕想頒旨，卻被商容勸退。今日，趁這四人在此，何不明日頒旨，命四人回去挑選，你們認爲好嗎？」

費仲說：「陛下當時接納宰相諫言而停止執行，這種美德是全國都知道的，如果陛下再要求執行，這樣做

亞相：副宰相。

就會失信於民，千萬不可。我私底下打聽到冀州侯蘇護有一個女兒，美似天仙，優雅嫻淑，如果選她進宮，絕對有能力來服伺君王。而且，如果只選她一人，就不會驚擾到天下老百姓。」

紂王聽後大喜，立即宣召蘇護進宮。

紂王說：「我聽說你有一個貌美端莊的女兒，想要選她來宮中服伺我，你也可被封爲國戚，享受榮華富貴，你同意嗎？」

蘇護回答：「陛下聽信小人讒言，沈溺於酒色，我擔心商朝數百年的基礎，將要在陛下手中斷送了。」

紂王聽後勃然大怒，立刻命令侍衛將蘇護押下，送到午門等候問斬。

當侍衛將蘇護擒住的同時，費仲、尤渾急忙上前稟

國戚：皇帝的親戚。

午門：皇城的正門。

告紂王：「蘇護反抗旨意，應當斬首。但是現在蘇護是因爲陛下選美女的事情，得罪了陛下，此事要是傳揚出去，老百姓們知道陛下輕賢重色，恐怕會損害陛下的仁德。不如將蘇護放了，他自然會感激皇上不殺之恩，將女兒奉獻給陛下。」紂王聽後覺得有理，便把蘇護放了，命令他儘快回國，將女兒帶來朝歌城。

蘇護被釋放後，越想越氣。他想，聖上被奸臣所蒙蔽，如果不把女兒獻給紂王，一定會被冠上逆旨之罪；若是將女兒送給這個昏君，天下人必定恥笑他不智。最後，他下了決心：大丈夫不可做不明白的事。他率領隨從離開朝歌城時，在午門的城牆上題了一首詩，表示君臣倫常已經敗壞，蘇護從此不再擁護商王。題完詩後，便馬不停蹄趕路回國去了。

蘇護一行人到達冀州城門時，他的長子蘇全忠早已在城門口迎接他們。蘇護把在朝歌城發生的事一一告訴了兒子。他認爲紂王在看了他題在城牆上的詩後，一定會命令諸侯來討伐他。於是，蘇護命令守衛冀州城的將士們加強訓練，防止敵人來攻打。

蘇護離開朝歌城後，他寫在午門城牆上的詩果然被大臣發現。紂王聽了大臣的回報後非常生氣，他命令魯雄等人整備軍隊，準備親自統率大軍前往征討。

魯雄一聽，蘇護是忠良之臣，天子如果帶兵親征，冀州就保不住了。他上前稟告紂王：「討伐之事，何必勞煩陛下親征，現在四大諸侯都在朝歌，陛下可命令他們代替陛下出兵，如此一來，才不會失了陛下尊嚴。」

紂王問：「四大諸侯中，有誰可以帶兵出征？」

費仲答：「冀州是北方崇侯虎的管轄地區，可以命令他去。」

魯雄想：「這個崇侯虎是個殘暴的人，若是由他帶兵，所經過的地方，老百姓必定遭殃。」魯雄便上前報告紂王：「崇侯虎雖然管轄冀州，但是他的仁義威望都不足以使百姓信服，這次若由他帶兵出征，恐怕不能伸張朝廷威望。我聽說西伯侯姬昌非常受老百姓擁戴，若能由他出征，不須一兵一卒就可以使蘇護認罪了。」

紂王聽後就命令這兩大諸侯前往討伐。

崇侯虎接到命令後，當日便帶領了五萬士兵，浩浩蕩蕩的朝冀州出發。

崇侯虎率領軍隊來到冀州城下，蘇護帶領蘇全忠及將士們出城應戰，兩軍交戰，一時之間，屍橫遍野，血流成河。崇侯虎的軍隊吃了敗仗，且戰且退，退到十里之外。蘇護收兵退回城內。

蘇護回到城內後，他的部屬就上前告訴他：「今日雖然獲勝，但是紂王還有更多的軍隊，冀州只不過是個彈丸之地，恐怕難以抵禦更多的攻擊。不如我們乘勝追擊，將他們殺個片甲不留，以顯示我方的厲害，然後再尋找賢明的大諸侯去投靠。」

於是，蘇護便命令蘇全忠帶領三千人馬作先鋒，趁著夜色昏暗之際，攻打駐紮在冀州城外十里遠的崇侯虎軍營。蘇全忠一馬當先，迎戰崇侯虎，崇侯虎一不留神，護腿金甲被蘇全忠的兵器挑了下來。崇侯虎的兒子崇應彪見父親吃了敗仗，趕上前來支援，也被蘇全忠刺傷了左臂。崇營的將士見主帥受傷，急忙將崇侯虎父子

彈丸之地：比喻很小的地方。

架住，往前沒命的奔逃。蘇全忠本想追趕，但是他擔心黑夜之間，前方可能有埋伏，只得收兵回城。

崇侯虎父子帶傷奔走了一夜，已經疲憊不堪。他正煩惱要到哪兒去搬救兵，忽然看見前方有一大隊人馬往這兒奔馳而來。他嚇得魂不附體，上馬往前一看，原來是他的弟弟曹州侯崇黑虎帶了大批援兵前來相助。

崇黑虎的軍隊會同崇侯虎的殘兵敗將，再次回到冀州城下紮營。蘇全忠看到敗兵去而復返，翻身上馬，打開城門，大聲呼叫：「曹州崇黑虎，快出來答話。」

這崇黑虎自幼得到異人傳授法術，尤其是他背上背著一個葫蘆，葫蘆裡面有無限神通。蘇全忠並不了解這些事情，他看見崇黑虎自軍營中出來，兩人一言不合，便開始打了起來。蘇全忠年紀雖輕，但驍勇善戰；崇黑虎打開葫蘆蓋子，葫蘆裡飄出一陣黑煙，煙幕中飛出一隻鐵嘴神鷹，將蘇全忠的坐騎啄瞎落馬。崇黑虎命令軍士將蘇全忠綁起來，押回軍營。

蘇護這一方，接到蘇全忠被敵人所擒的消息後，他感到悲痛萬分。他想：「我也算是個英雄，今日只因昏君聽信奸臣的話，要我將女兒妲己送入宮中，而引來一場戰事，使我滿門受禍。萬一要是城被攻破，妻女被抓到朝歌，拋頭露面，曝屍街頭，使天下人笑我爲有勇無謀的人，還不如先將妻女殺掉，然後自殺，這才是大丈夫應該做的事。」蘇護一想到這裡，便拿起了劍往後廳房走去。

妲己見到父親走來，笑容盈盈的問著：「爹爹，你爲什麼拿著劍進來呢？」蘇護一看，這是自己的親生女兒，並不是仇敵，這一劍怎麼揮得下去呢？眼淚不覺流了下來。正在感嘆之際，忽然聽到外面傳令兵來報告，敵營崇黑虎在城外討戰。蘇護命令士兵嚴加守備，準備攻打。

其實，崇黑虎和蘇護是好朋友，他來冀州城的目的是想幫蘇護解圍，但是蘇護父子卻不明白他的來意。他在城外站了很久，希望蘇護出城來與他商議，卻不見任何人出城，只得暫時收兵回營。

這時，蘇護正在憂心要派誰出去迎戰，將領中忽然走出一人，原來是負責管理糧食的鄭倫。蘇護心想，崇黑虎法術高強，無人能敵，鄭倫豈是他的對手。但是鄭倫並不聽蘇護的勸阻，手拿兩柄降魔杵，騎上火眼金睛獸，開了城門來到敵營前，高聲呼叫崇黑虎出來。

原來，鄭倫也是有法術的人。他見崇黑虎提了短斧出來，立即揮動降魔杵迎上前去。兩將棋逢敵手，打得難分難離。忽然，鄭倫鼻中一響，噴出兩道白光，崇黑虎聽到這鼻聲，不由得頭昏眼花，跌了一跤，被鄭倫部下綁起來，押回城中。

崇黑虎被擒的消息傳到崇侯虎耳中，他很驚訝世界上有這麼神奇的法術，能擒住崇黑虎，正想派人再前去打聽，就有士兵前來報告，說西伯侯派了使者來了。

使者散宜生進入營中拜見崇伯虎，但是崇伯虎並不太高興。他對於西伯侯姬昌一直不肯出兵的事，感到非常不滿。

散宜生解釋：「戰爭是殘忍的，勞民傷財。仁慈的西伯侯並不贊成這種作法。現在西伯侯寫了一封信給蘇護，相信他會停止抗爭，將女兒獻給紂王。如果他不聽勸告，到那時候再出兵也不遲。」

崇侯虎大笑：「我倒要看看西伯侯如何處理！」

崇黑虎被抓到蘇護陣營中，蘇護親自上前爲他鬆綁，並設宴款待。崇黑虎說：「你、我是兄弟的交情。我這次來的目的，實在是想幫你解圍。想不到令郎憑藉著武功強，不由分說便打了過來，現在被我關在營中，這全都是爲你著想。」正當兩人談話時，士兵來報：「西伯侯使者來到城下，等候接見。」蘇護開城迎接。

散宜生來到殿前，將西伯侯的書信呈給蘇護。

書信內容寫著：「西伯侯姬昌拜見冀州侯蘇公，你的女兒有才德，被選入宮中，這是件榮譽的事，你爲何反抗呢？你題詩在午門上是要表示什麼呢？你已經犯了不赦之罪。爲了愛女兒而失去君臣大義是不智的。我久仰你的忠義，希望你接受我的勸告。如果你將女兒送到王宮，可以得到三種利益，女兒可得到君王寵愛；冀州百姓可以得到安寧的生活；士兵可以避免戰爭殺戮。若你仍然執迷不悟，冀州城將保不住，老百姓也遭殃，請仔細考慮。」

蘇護看後，一言不發，只是點頭。他請散宜生先回西歧，他隨後就將女兒帶到朝歌，請求紂王赦罪。

散宜生走後，蘇護便與崇黑虎商量，稱讚西伯侯爲國爲民，眞是一個有仁義的君子。崇黑虎說：「大勢已定，你就快去準備，將女兒送進朝歌。我現在回去放了令郎，收兵回國。」蘇護向崇黑虎道謝，並且送他到城下。

崇黑虎回到軍營中，命令士兵將蘇全忠放了，並且大聲斥責崇侯虎，怪他不幫忠良之人，反而胡亂發兵征伐，損兵折將，還不如西伯侯的一封書信有用。說完，崇黑虎就帶領他的子弟兵，騎上火眼金睛獸，自行回到曹州去了。崇侯虎覺得非常羞愧，也跟著領兵回國了。

被釋放後的蘇全忠進到冀州城裡，蘇護告訴他這裡所發生的一切事情，命令他鎮守冀州，他自己則準備帶領妲己到朝歌城向紂王請罪。

第二天，冀州城外排列了三千人馬，五百家將，等候妲己梳妝後啓程。妲己上前拜別來送行的母親及兄長，想到自己今後未知的命運，親情的別離，不禁悲從中來，淚下如雨。母親在侍兒的苦勸下，依依不捨的哭著回到府中。蘇全忠送了妹妹五里路程，也轉回城去

貴人：中國古代的宮廷中，地位僅次於皇后的妃子。

驛館：以前的人用馬傳遞文書，中途供人馬休息的處所叫驛館或驛站。

行營：出征時的軍營。

了。

蘇護保護著女兒，打著貴人的旗號，率領著大隊人馬往朝歌城方向行進。一路上跋山涉水，穿山越嶺，經過了數日，在一天的黃昏時刻，隊伍來到了恩州。

恩州驛丞出來謁見，蘇護要他打掃驛館，讓女兒早點休息。驛丞解釋，這個驛館在三年前出現妖精，從此之後，凡是過往的官員都不在這兒休息、過夜，請小姐改在行營安歇。蘇護說：「天子的貴人，怕什麼妖魔鬼怪，既然有驛館，豈有住行營的道理，快去打掃！」

驛丞急忙吩咐打掃廳房。等所有房間都收拾好後，蘇護將妲己安置於內室，命令五十名隨從服侍，並派遣隨行士兵把守在驛館周圍。蘇護坐在正廳中，點上了蠟燭。他想，這兒是皇親貴族及官員來往之處，人煙密集

豹尾鞭：用豹的尾巴做成的鞭子，可當武器使用。

的地方，哪有妖怪這回事，但是預防著點兒也是好的。於是他便拿了一根豹尾鞭，放在桌旁，藉著燭光閱讀兵書。

不知不覺，恩州城中傳來了初更的鼓聲。蘇護放心不下，拿了鞭子，悄悄的來到後面的內室巡視，當看到女兒及侍從們都睡得很安穩，他才放下了心，再回到正廳閱讀兵書。

二更已經快過了，就在快到三更的時候，忽然吹來一陣怪風，冷嗖嗖的寒風，將燭火吹得忽明忽滅。蘇護被這陣怪風吹得毛骨悚然，當他正感到疑惑的時候，忽然聽到在內室的侍兒喊叫：「妖怪來了！」蘇護聽後，左手拿著蠟燭，右手拿著鐵鞭，急忙奔到內室去。半路上，手中燭光已被妖風吹滅，他急得大叫家將再取燈火來。

來到後廳房中，見到侍從們已經嚇得倉惶失措，蘇護走到妲己床前，用手掀開幔帳，他問：「女兒，剛才有一陣妖氣吹來，妳可有見到妖怪？」

妲己答：「女兒在睡夢中聽到侍兒喊叫：妖怪來了！我一醒來，看見燈光照過來，才知道原來是爹爹來了，並沒有看到什麼妖怪。」

蘇護說：「謝天謝地！還好妳沒有受到驚嚇。」說完後，他安慰著女兒休息，就繼續到四處巡視，心裡仍然十分擔心，不敢安安穩穩的去休息。

事實上蘇護並不曉得，剛才與他對話的不是妲己，而是千年狐狸精。在燈火滅掉，他命人取來燈火，再來到後廳的這一段時間，妲己的魂魄已經被狐狸精吸走，

蘇護不知愛女妲己被狐狸附身，預備加速顛覆商朝滅亡。

妲己已經死了。現在附在妲己身上的，乃是千年狐狸精。牠將要藉著妲己的軀體去迷惑紂王，斷送紂王的江山。這是以後的故事裡要說明的。

第二回　紂王無道建炮烙

在恩州驛館遇到怪風，蘇護暗暗慶幸妲己並沒有受到傷害，但是他也因此擔心得整夜睡不著覺。

第二天，這一行人離開了驛館，啓程前往朝歌城。經過了數日，渡過了黃河，終於來到了朝歌城。蘇護要家將先在城下紮營，並派遣士兵去求見武成王黃飛虎。黃飛虎看了蘇護送來的「進女贖罪文書」，連忙派人將蘇護父女帶至城內，安排在金亭驛館，等候紂王召喚。

費仲、尤渾知道蘇護這次進城，還是沒有先送禮物過來，不禁懷恨在心。他們兩人再次想著找機會來陷害他。

紂王雖然知道蘇護帶了女兒妲己來朝歌請罪，但是他對蘇護題詩反對商王、率兵抵抗商王軍隊的事情，仍然是怒氣未消。他命令侍從官將蘇護拉到午門斬首。

這時，宰相商容上前勸諫：「蘇護反商，理應斬首。但是蘇護帶了女兒前來請罪，確實奉行君臣之間的倫理大義，請陛下原諒他。而且，先前因爲他不同意將女兒送進宮中，得罪了陛下；現在他將女兒帶來，陛下又要殺他，這恐怕不是陛下原來所期望的吧！」

紂王聽了後猶豫不決。費仲見到報復的機會來了，便站出來啓奏：「請陛下宣召妲己來覲見。如果陛下覺得她的容貌出衆，可以使喚，便請陛下赦免蘇護的罪；

市曹：市場，人們買賣的地方。

九間殿：宮殿的名稱。也是紂王時期，文武百官討論國事的地方。

如果不合陛下的聖意，可將他們父女兩人斬首於市曹。」

紂王說：「你說的很有道理。」便差遣侍從去帶妲己進宮。

妲己跟隨著侍從官來到九間殿前，跪下禮拜。紂王仔細看了一看，妲己有著一頭烏溜溜的長髮，桃紅色的臉蛋，柳葉眉，櫻桃小嘴，以及細細的柳腰，就好像是天上的仙女下凡來。妲己跪下說：「犯臣女妲己，願陛下萬歲、萬歲、萬萬歲。」這幾句婉轉的鶯聲燕語，把紂王叫得骨軟筋酥，耳熱眼跳，不知如何是好。

紂王立刻站起來，命令左右的宮妃帶蘇娘娘進壽仙宮，並立即宣旨，赦免蘇護全家無罪，封爲國戚。

文武百官看到天子如此好色，心中十分擔憂，但是又無法勸阻，只得無奈的在顯慶殿的盛大宴席上，慶賀紂王得到美麗的妃子。

時間過得很快，自從妲己進宮後已有兩個多月了，在這段時間裡，紂王天天與妲己在壽仙宮中享樂，不理朝政。紂王的書房堆滿了堆積如山的卷宗，天下八百諸侯的奏本全被積壓在一起。

滿朝文武官員見到天子荒淫，沈湎酒色，不禁議論紛紛。宰相商容率領群臣奏請紂王上朝，紂王非常不情願的來到殿上，但是他根本無心聽任何報告，連日來的酒色搞得他昏昏沈沈的，又看到這麼多的奏本，一時之間如何看得完。他説，朝政有宰相代勞就足夠了，説完便準備要退朝。這時，守候午門的官員來報告，説終南山有一個煉氣士雲中子要求見駕。紂王想，與其和這些老臣再囉嗦個沒完沒了，還不如聽聽這個道士要講些什麼，他便宣雲中子進殿。

這終南山的雲中子乃是千百年得道的神仙。某日，他閒來無事，手提水火花籃，騰雲駕霧，正想往虎兒崖採藥。忽然，他看到東南方一道妖氣直沖雲霄。他撥雲一看，原來是一隻千年狐狸，藉著人形寄居在朝歌城中。他想，此妖若不早除，必成大患。他要金霞童子取來一段老枯松枝，削成木劍。金霞童子問，何不用寶劍，永除後患。雲中子笑著答：「對付這隻老妖狐，木劍就足夠了。」說完，他便腳踏白雲，往朝歌城而來。

雲中子被帶到宮中來，見到紂王後並不下跪，只是兩手合掌鞠躬。紂王看這道人的行禮方式，心中非常不高興。他問道士來這裡的目的。

道士說：「我是終南山雲中子，因爲在山峰上採藥時，看到妖氣瀰漫著朝歌城，所以特地來覲見陛下，協助除掉這個妖怪。」

紂王笑著說：「這裡是皇宮，門禁非常森嚴，又不是荒郊野外，妖魅從何而來？」

雲中子答：「陛下若知道有妖怪，妖怪就不敢來了。就是因爲陛下不知道有妖怪，妖怪才能趁虛而入。如果不儘早消滅，恐怕會造成大災難。」

紂王：「宮中既然有妖氣，要用什麼來鎮壓？」

雲中子拿出松木劍，要紂王掛在分宮樓前，三天之內一定會應驗。

紂王感謝雲中子的建言，要留他下來作官，被雲中子拒絕了。紂王要賞他金銀財寶，也被他回絕了。他說：「我是個隱居在山野的村夫，只喜歡逍遙自在的生活。」說完後，雲中子揮一揮寬大的道袍袖子，揚長而去。

群臣正在商議國事時，突然被一個道士打斷了話題，這會兒又聽了許多妖魔鬼怪的話，都顯得無可奈何。等道士走後，群臣正要再上奏，紂王已經覺得非常厭倦，便宣布退朝。

紂王退朝後再度回到壽仙宮，但是卻看不到妲己前來接駕。侍從官報告說，娘娘突然感染急症，昏睡在床榻上。紂王一聽，急忙進到寢宮，來到妲己床前，只見妲己面色發黃，嘴脣蒼白，氣息微弱。

紂王叫道：「美人，早上妳送我上朝時，還是貌美如花的樣子，爲什麼一下子就得了急病呢？」

妲己微微的張開眼睛，呻吟著說：「陛下，我想去迎接陛下回宮，在分宮樓前等候聖駕。猛然抬頭，看見上面懸掛一柄寶劍，嚇出一身冷汗，就得了這種急病。想想這是我自己的命不好，不能永遠陪伴在君王身旁，與君王共同快樂的生活。陛下請多保重，不要牽掛我的事情。」說完，眼淚流了滿面。

紂王聽了後，憂心忡忡的對妲己說：「是我糊塗，竟然聽信方士之言，利用妖術來陷害美人。」他馬上派人將那木劍取了下來，用火將它燒了。

這木劍禁不起火燒，一下子就燒成灰燼，說也奇怪，妲己的病一下子就不藥而癒，變得神采奕奕，好像不曾生過病的樣子，依然陪在紂王身邊尋歡作樂，朝歌城中再現妖氣沖天。

這時，雲中子尚未回到終南山，他看見朝歌城中原來已經顯得愈來愈微弱的妖氣，忽然間又再度瀰漫了整個宮中。他了解商朝氣數已盡，天下將要由周室來取代，於是取出了文具，在司天台的牆上留下了一首詩，大意是說：商代將要滅亡，西方的聖主將要出現。接著，他又將商朝滅亡的時間也寫了下來。寫完之後，頭也不回的回到終南山去了。

朝歌城的老百姓，看見雲中子題在牆上的詩，覺得非常有趣，全都聚在一起圍觀，但是卻沒有人能理解這首詩的內容。正當他們議論紛紛的時候，太師杜元銑剛好回到司天台的官衙來，他看見這首詩後，雖然不明白它的涵義，爲避免老百姓亂造謠言，便命令屬下將這首詩洗掉。

他回到府衙後，仔細推敲，猜想大概是幾天前到朝廷中向紂王報告說宮中有妖氣的道士所題的詩。這幾天，他仔細在夜裡觀察過星象，也感覺到似乎會有不祥的事將要發生。

杜元銑是一位忠臣，他連夜寫了一道奏本，準備第二天向紂王報告。

第二天，他來到宮中，見到宰相商容正在文書房處理公務，杜元銑便將他昨日所見到的事敘述了一下，並請商容代他將奏本轉呈給紂王。商容說：「我也有好幾天沒有看到紂王了，不如趁此機會，我們兩人一同去面見聖上。」說完，便帶著杜元銑向分宮樓走去。

他們兩人來到了分宮樓前，商容要杜元銑在外面等候。他拿了杜元銑的奏本，進到宮裡，將奏本呈給紂

禎祥：吉利的徵象。

王。紂王打開它，裡面寫著：「老臣聽說，國家將興，禎祥必現；國家將亡，妖孽必生。我在晚上觀看天象，發現妖光充滿了宮中。陛下不聽賢士雲中子的話，火燒木劍，使妖氣更旺盛。自從蘇護帶了貴人進宮之後，陛下不理朝政，貪戀美色，使得百官不能面見聖上，報告朝政，天下大亂。老臣冒死向聖上諫言，請聖上遠離美色，多親近百官及老百姓。」

紂王看完後，轉頭問坐在身旁的妲己：「杜元銑上奏，再次提到妖魅的事情，妳有什麼看法呢？」

妲己上前，跪在紂王座椅之前稟告：「前幾日有雲中子術士，假造妖言，蒙蔽聖上，這是妖言亂國。現在杜元銑再藉題發揮，可見他們是同夥的，想要藉著這件事，使老百姓不安，造成國家紊亂，對這種妖言惑眾的人，應該要殺！」

紂王邊聽邊點頭，他說：「傳我的旨意，把杜元銑斬首示衆，以免妖言擴散。」

宰相商容一聽，急忙上前勸阻，但是紂王不聽，命令商容退下。

衛士接到紂王聖旨後，來到宮門外，不由分說便將等候在那裡的杜元銑綁了起來，要將他押往午門斬首。一行人走到九龍橋時，看見迎面走來一位穿紅袍的官員，原來是上大夫梅柏。梅柏問明了事情的原委，心裡非常激動，他覺得紂王不應該濫殺忠臣，就叫衛士們暫緩行刑，他要去宮內向紂王保奏。

梅柏來到九龍橋邊，剛好碰見商容，兩人商議了一下，便共同前往宮中，要請求紂王赦免杜元銑的罪。

梅柏見了紂王後問：「杜太師犯了何罪，爲何要將他賜死？」

紂王說：「杜元銑與方士共謀，利用妖言擾亂朝政，迷惑軍民，依照律法，應當被處死。」

梅柏聽了紂王的話，不由得提高了聲音，大聲啓奏：「陛下已有半年不理朝政，荒廢國事。古話有提到：臣正君邪，國患難治。杜元銑是個忠良大臣，他是爲了國家才冒死進諫。若殺害了忠臣，將會危害到國家的根基。請陛下赦免他的罪吧！」

紂王聽了非常不耐煩，他說：「你與杜元銑是同黨，本來應該判你與他同罪。感念你服侍我的功勞，免去你的死罪，現在我要革去你的官職，永不錄用。」

梅柏大叫：「你這個昏庸的君王，我死不足惜，只怕商代六百年的根基，要斷送在你的手上了！」

紂王大怒，命人將梅柏拿下，立刻處死。兩側的兵士才剛要動手，妲己說：「妾有話稟告。」

妲己說：「身爲天子的臣下，在殿上對著天子張牙舞爪，大聲咆哮，這種大逆不道的行爲，不是賜他一死就可贖罪的。我建議先將梅柏關起來，我來設計一種刑罰，專門來懲治狡猾的臣子，使他們不再妖言惑衆。」

紂王問：「什麼樣的刑罰？」

妲己答：「這是一種叫做『炮烙』的刑具。用銅鑄造成高二丈、圓徑八尺的柱子，上、中、下共有三個火門，裡面裝入熾熱的炭火。凡是有侮辱君王、違抗命令的臣子，陛下可下令剝去他們的官服，用鐵鍊將他們的四肢綁在燒熱的銅柱上，不到片刻，他們的四肢筋骨就會化成灰燼。」
紂王聽後大大稱讚了一番，命令將杜元銑立刻斬首，將梅柏押入大牢，等待炮烙造好後再行刑。
商容聽到紂王的決定後，知道大勢已去，商朝的江山不保，這不是他一個人或是幾個忠臣的力量可以挽回的。於是他便向紂王請求辭去宰相官職，讓他告老還鄉。紂王准了他的請求，商容含著滿眶淚水，離開了朝歌。
等了幾天，二十根炮烙銅柱終於做好了，就擺放在大殿東側。紂王等不及要看它的威力，便命令文武百官聚集到大殿上。群臣來到大殿，看了那幾根大銅柱，都不明白紂王要做什麼。紂王命人將梅柏從牢裡帶到殿上，並且對他說：「你看這是什麼東西？這就是專門爲

紂王聽信妲己讒言，製造「炮烙」殘害忠臣。

了對付狂妄、侮謗君王的人所設計的，現在就先以你來試試這種新刑。」梅柏聽了大罵：「我死不足惜！只是可憐商朝天下將亡於昏君手上，你有什麼臉來面對死去的先王。」

紂王被激得怒不可遏，命人將梅柏衣服脱掉，將他赤身裸體綁在燒紅的銅柱上。可憐的梅柏，大叫聲還未完，就已身死。群臣被嚇得講不出一句話來，只聞到大殿上充滿了皮焦肉臭的味道。

紂王頻頻稱讚妲己聰明，建造了炮烙這種治理國家的奇寶。從此以後，眾臣子都噤若寒蟬，不敢再強出頭上諫言。而紂王依然與妲己在壽仙宮中，日夜飲酒作樂。

居住在中宮的姜皇后，聽說忠臣梅柏被炮烙燒死的

噤若寒蟬：噤音ㄐㄧㄣˋ。是指閉起嘴來，不作聲。

事情，她嘆了一口氣說：「這個心腸惡毒的女人，讓我到壽仙宮去看看她在搞什麼？」

姜皇后來到了壽仙宮，向紂王行禮完畢後，紂王命她坐在他的右側，並要妲己表演一曲歌舞給皇后觀賞。妲己的輕歌妙舞、輕柔歌韻博得了宮中所有侍臣的喝采，但是姜皇后卻連正眼也不瞧一眼。

紂王笑著問皇后：「妲己的歌舞是天上奇觀，人間少有，爲何妳卻顯得不高興的樣子？」

姜皇后站了起來，跪在殿前說：「我聽說天地國家有四寶。天有寶，爲日月星辰；地有寶，爲五穀百果；國有寶，爲忠臣良將；家有寶，爲孝子賢孫。今日陛下親近女色，殘害大臣，國家之寶即將失去。請陛下遠離酒色，親理朝政，老百姓才可以安居樂業，天下才會安定。」說完，向紂王行禮後就回中宮去了。

紂王聽了姜皇后的一番話，心裡非常不高興。但是因爲姜皇后是後宮中地位最高的，也只有忍了下來。姜皇后離去後，紂王仍舊與妲己日夜飲酒作樂，一點也沒有想要改過的意思。

幾天後，正逢月初，各宮嬪妃都來到中宮朝見姜皇后，有西宮的黃貴妃、馨慶宮的楊貴妃等，壽仙宮的蘇妲己也來了。姜皇后當著黃、楊兩位貴妃面前，將妲己訓斥了一頓，責怪她每日誘惑君王玩樂，不知規勸聖上治理國政。姜皇后的一番話，說得妲己滿面羞愧。

妲己忍著怒氣，向姜皇后及貴妃們拜別後，悶悶的回到壽仙宮。她左思右想，實在嚥不下這口氣，於是下定決心要設下計謀來陷害皇后。妲己命令侍臣傳旨給中諫大夫費仲，請他幫忙訂下陷害皇后的妙計。

費仲了解妲己是紂王最寵愛的妃子，能幫忙妲己，對他以後加官晉爵有極大的幫助。但是，姜皇后的父親姜桓楚是統率東魯百萬雄兵的大諸侯，萬一出了差錯就沒命了。正在他猶豫不決時，忽然讓他想到了他身旁的姜環，姜環也是東魯出身的壯丁。他便將他的計策告訴了姜環，說明要是這計策成功，他們兩人便可享受榮華富貴的生活，姜環接受了並決定依計畫去執行。同時，費仲也派人將這計謀報告妲己，妲己大喜，決定依計行事。

妲己向紂王稟告：「臣妾感激陛下願意時常陪在我身邊，但是陛下已經很久沒上朝主持朝政，希望陛下明天能上朝接見文武百官。」紂王聽了頻頻稱讚妲己是個賢明的妃子，並表示明日將臨朝聽政。

第二天一大早，紂王在一群侍臣的引導下，走出了壽仙宮。當一行人來到分宮樓前，忽然從角落竄出一名彪形大漢，大聲叫著：「無道昏君，我奉主母之命來刺殺你。」一邊嚷著，一邊將手中拿著的劍往紂王方向直劈過來。但是長劍還未碰到紂王，已被身旁的保駕官攔住，並將這名刺客擒住。

紂王又驚又怒，問道：「有誰去查明這個刺客的底細？」費仲急忙站出來，表示他願去查明。原來這名刺客就是姜環，這正是費仲陷害皇后的圈套，費仲擔心被別人知道，才急忙爭取去查問刺客的工作。

費仲假裝審問刺客，回來後向紂王報告：「刺客名叫姜環，是東伯侯姜桓楚的家將，奉皇后的命令來刺殺陛下，奪取天子寶座，並準備擁立姜桓楚為天子。」紂王聽後，拍桌子大叫：「命令西宮黃貴妃去查問姜皇后，回來向我報告！」

黃貴妃帶著聖旨來到中宮。姜皇后在聽完聖旨宣讀後放聲大哭：「是哪個奸臣要陷害我呢？我父親姜桓楚統率兩百諸侯，官居極品，我沒有理由做這種冒險的事；我的兒子殷郊已被立為太子，若聖上駕崩，我兒子繼承天子之位，我就可當上太后。而且，我從未聽說父親當上天子，女兒便可以被奉祠於太廟之中，我不至於會笨到做這種蠢事。」

黃貴妃回朝向紂王報告。妲己在一旁聽了，向紂王建議：「罪證確鑿，為何姜環很清楚的指名是皇后而不說其他人呢？如果皇后不認罪，陛下可傳旨挖去她的一

太廟：舊時帝王的宗廟。

隻眼睛，看她認不認？」紂王同意了妲己的建議，並派人將皇后帶到西宮交給黃貴妃審問。

紂王的聖旨很快便被帶到了西宮，黃貴妃在旁哭著勸姜皇后趕快認罪，以免受皮肉之苦。姜皇后哭著說：「我不怕死，只想留個清白在人間。」差官們無可奈何，只好將皇后的眼睛挖去一隻，帶回去交差。

妲己見姜皇后還不認罪，一不做二不休，再向紂王建議用銅斗炮烙的刑罰來逼皇后承認。可憐的皇后雙手被燒得筋斷皮焦，昏死過去，但是她爲了保持清白的名譽，直到昏死仍然不肯承認這莫須有的罪名。妲己見皇后還不承認，再度向紂王建議帶姜環來宮中對質，紂王便派人去拘提姜環進宮。

這時，東宮太子殷郊和弟弟殷洪正在東宮下棋。東宮太監匆匆趕來稟告：「千歲不要下棋了，宮中發生禍事了！」太監將皇后被妲己及姜環設計陷害的事情敘述了一遍。太子聽完大叫一聲，拉了弟弟便往西宮跑去。

太子來到西宮殿前，看見母親渾身血跡，兩手枯焦。姜皇后聽到兒子的聲音，勉強睜開剩下的一隻眼睛，她說：「兒子啊！妲己和姜環陷害我，你要替我申冤啊！」說完大叫一聲就斷氣了。殷郊大怒，回頭看見宮中掛了一口寶劍，便將被押在宮中受審的姜環一劍砍爲兩段，之後要再往妲己所在的壽仙宮奔去，卻被黃妃叫殷洪把他拉住。黃妃說：「你太急躁了，你殺了姜環就不曉得誰是主謀了。再說，你提劍出宮，趕殺妲己，只怕已有侍衛去通報她了。」

果然，消息一下子就傳到紂王和妲己耳中。紂王非

首級：人頭。

常生氣，他想這逆子竟敢提劍來殺父親。於是他便命令衛士去殺他們兄弟兩人，並提他們的首級來見他。

殷郊、殷洪知道紂王派人來殺他們，就躲到馨慶宮楊貴妃那兒，但是楊貴妃知道她沒有能力保護他們，就叫他們到九間殿去，那兒是文武百官討論國事的地方，也許大臣們可以保護他們。

兩兄弟來到了九間殿，見了大臣們並說明了發生的事情經過。群臣議論紛紛，都爲紂王這樣的作爲感到氣憤，但是卻沒有人敢挺身出來說話。忽然大殿西側跑出兩名魁梧大漢，他們是鎭殿將軍方相、方弼兄弟。他們大吼：「天子失政，殺妻誅子，已經不配做我們的領袖。」說完，背負著兩位殿下衝出，往朝歌城南門狂奔而去。他們力大無窮，無人能擋，一下子就出城去了。

紂王知道他們兄弟兩人逃脫了，便派武成王黃飛虎提龍鳳劍去追殺。黃飛虎騎上能日行八百里的五色神牛，不一會兒工夫便趕上剛出城不久的太子等四人。黃飛虎原來是黃貴妃的哥哥，他也十分同情太子兄弟兩人的遭遇，便要他們珍重，放他們離開。黃飛虎騎上神牛回宮，向紂王報告找不到人。紂王擔心他們兄弟去投靠外公姜桓楚，又派出雷開和殷破敗，領了三千士兵繼續去搜查、追殺兩位殿下。

方相、方弼帶領兩位千歲趕路，走走停停，來到了一個岔路，一條往東魯，一條往南都。方相向千歲報告，他說四人一起行動，容易被發現，建議四人分開行動。太子覺得有理，於是四人互相揮淚告別，方相、方弼另去尋找賢明的諸侯投靠，太子殷郊往東魯前去投靠外公姜桓楚，弟弟殷洪往南都向鄂崇禹借兵。

話說殷破敗及雷開兩位將軍領了三千騎兵追趕兩位殿下，追了三天兩夜，也趕到了這個岔路，兩人將大隊人馬留在原地守候，各自挑選了五十名精兵，殷破敗往東魯，雷開往南都方向，分頭繼續追趕。並約定捉到人後在此地會合。

往南都而行的殷洪年紀還小，走了不遠就疲累了，剛好看見前面有一軒轅古廟。他來到廟中大殿，跪下祈求軒轅聖帝保佑他一路平安。說完就和衣倒頭睡下。這時雷開帶領的人馬也來到這裡，想要在廟中休息一下，剛好看見正熟睡中的殷洪，就將他捉住帶回。

往東魯走去的殷郊，走了數十里後，看到路邊有一府邸，門上懸掛著「太師府」的匾額，原來這是退隱後

和衣：穿著原來的衣服，沒有脫衣或換衣服。

的宰相商容的家。商容聽完殷郊的敘述後，大罵一聲昏君，便要殷郊先吃飽飯，好好休息，過幾日再一同回朝歌勸諫紂王。

殷破敗領兵往東魯行來，路過太師府。殷破敗是商容的門生，他想，路過老師家，禮貌上應該去拜見一下，於是他便下馬往太師府中走去。眞是不湊巧，剛好看見正在用餐的殷郊。殷破敗告訴商容，捉拿太子是聖旨，要商容不要爲難他。商容大呼：「殿下放心，你先隨他去，老臣隨後就到朝歌見駕。」

殷破敗及雷開捉了兩兄弟後，便快馬加鞭趕回壽仙宮報告紂王。紂王下旨將兩兄弟押到午門斬首。雖然群臣紛紛上表保奏殿下生命，但是紂王心意堅決，誰也阻止不了。

正當差官在午門等候行刑時，忽然狂風驟起，飛沙走石，天昏地暗，一陣山崩地裂似的響聲後，眾人勉強睜開眼睛，已經不見兩位殿下的蹤影。

原來這一陣狂風是太華山雲霄殿赤精子和九僊山桃源洞廣成子兩位仙人的法術。他們兩位仙人雲遊四海，經過朝歌城上方，被兩位殿下頂上的兩道紅光擋住。他們撥雲一看，知道兩位殿下命不該絕，便命令黃巾力士施法將他們兄弟兩人帶走，留待日後輔佐周王滅紂。

第三回　西伯侯悲憤食子

殷破敗帶走了太子殷郊之後，商容隨後也風塵僕僕的趕到朝歌城來見駕。當他經過午門，看見人聲沸騰，覺得非常訝異。他繼續往前行，來到了九龍橋，亞相比干、武成王黃飛虎及百官看見商容走來，一起上前迎接。

商容聽完黃飛虎述說殿下在午門被風颳走的經過，不覺放下心來。他說：「老夫此次前來進諫言，已經抱著必死的決心。捨身報國，才對得起先王在天之靈。」

風塵僕僕：勞頓的樣子。

紂王聽到商容前來，驚訝的問：「你不是已經歸隱山林，爲何又回到這裡來呢？」

跪在大殿下的商容將奏表獻上，紂王攤開奏表，上面寫著：「陛下罔顧朝政，親近奸邪，遠離賢德。您因聽信奸臣的話而殺害正宮皇后；再信妲己之言而殺害太子，斷絕商朝宗嗣，您的作爲已失去爲人君王所應做的事。勸陛下賜妲己自盡，斬殺奸臣，如此陛下才能坐享太平，安康萬載。」紂王看後大怒，將奏表撕得粉碎，並命人將商容押到午門用金鎚擊死。

商容大喝一聲：「我是國家元老大臣，誰敢捉我！錦繡天下將被你這昏君斷送。」說完一頭往殿上龍柱撞去，立時腦漿噴出，血染衣襟，可憐的忠臣命喪殿上。

紂王見商容已死，命令衛士將他的屍體丟在城外，

罔顧：不顧。

宗嗣：嗣音ㄙˋ。子孫之意。

不得埋葬。說完後就回到壽仙宮。

妲己見紂王回來，上前接駕。紂王心裡想著，爲什麼已經有了炮烙這種酷刑，百官卻還不懼怕呢？他問妲己，妲己回答說：「妾是女流之輩，見識有限，陛下可召見費仲商議。」紂王覺得有理，便命人找來費仲。

費仲跪下啓奏：「陛下可以私底下傳四道聖旨，命令四大諸侯進宮來，再加以殺害。四大諸侯一死，天下八百諸侯群龍無首，就不能造反了。」

紂王大喜，稱讚費仲是個治國安邦的奇才。他立刻派了四名使命官各拿一道聖旨，分別前往四處下詔。

其中一名使命官帶了聖旨來到西岐。他看見西岐城內百姓豐衣足食，來往行人都和顏悅色，謙卑禮讓，不禁感嘆姬昌的仁德，將國家治理得有如唐虞之世。

四大諸侯：分別是東伯侯姜桓楚、西伯侯姬昌、北伯侯崇侯虎、南伯侯鄂崇禹。

唐虞：唐、虞是上古的帝號，後來稱爲唐堯、虞舜，都是太平盛世。

使者將紂王下詔接見四大諸侯的聖旨帶給西伯侯後，就告辭回轉朝歌城。西伯侯急忙找來上大夫散宜生。他交代：「我這次前去朝歌城，內政就全託給大夫了，至於外事，則交給南宮适及辛甲兩位將軍。」說完，又派人找來長子伯邑考，吩咐說：「我給自己卜了一卦，此行到朝歌去凶多吉少，雖然不至於喪命，但將會有七年的牢獄之災。我不在的時候，你要好好治理國家。七年之後，我自然會平安歸來。」

第二天，姬昌帶了五十名侍從出發上路，百官皆來設宴送行。姬昌舉起酒杯，高聲說：「今日君臣離別，七年之後再見。」說完便騎上了馬，帶了侍從出發了。

一路走來，過了岐山，來到了燕山。忽然，朗朗青天變得烏雲密布，傾盆大雨接著下了起來。姬昌急忙命令眾人到茂密的樹林中躲雨。

滂沱大雨下了大約半個時辰，天空忽然有一道閃電並打了一個雷聲。沒多久雨就停了，天空依然晴朗一片。

姬昌及眾人走出了樹林，身上的衣服已被雨水打溼了。姬昌騎在馬上說：「雷電過後，將星出現。你們去把將星找來。」

眾人聽後不禁好笑：哪兒來的將星？但是又不敢違命，只得四下搜尋。果然，在一座古墓旁找到了一個哭聲響亮的嬰兒，就把他抱到姬昌跟前。

姬昌看這嬰兒氣宇非凡，不禁高興的想著，他命裡注定會有百子，如今只有九十九子，再加上這嬰兒，湊足一百，正符合了百子之徵兆。便派人將這嬰兒送到前村托人撫養，等他從朝歌城回來，再帶往西岐。

這時，前面走來了一位道人，相貌稀奇，寬袍大袖。他向姬昌自我介紹，原來是終南山玉柱洞的雲中子。他向姬昌表明要收這嬰兒為徒弟，並將這嬰兒取名為雷震子，等七年後姬昌返回西岐，再將這小孩送還。姬昌點頭同意，雲中子便抱著嬰兒回終南山去了。

姬昌一行人繼續趕路，渡過黃河，進了朝歌城，來到了金亭驛館。這時，其他三位大諸侯早已到了，他們正在飲酒歡談，於是姬昌也加入了這場酒宴。

大諸侯們久未會面，言談甚歡，不知不覺已到了深夜二更。這時門外有一驛卒，看見諸侯們飲酒作樂，感嘆的說：「你們今夜把酒言歡，只怕明天便要血染市街了。」夜深人靜即使是小聲的嘆息也聽得到，姬昌聽到後，問是什麼人說話，便命令家將去將這驛卒帶了過來。

這名驛卒叫姚福，在使命官家做事，無意中聽到了一些機密。他在姬昌的逼問下，便原原本本將姜皇后被殺，兩位殿下被風颳走，妲己被封爲皇后，以及天子聽信妲己讒言，派人騙四大諸侯來朝歌加以殺害等事說了一遍。

這一番話聽得姜桓楚兩淚縱橫，跌倒在地。四人約定明日共同面君上奏本，辯明冤枉。

次日早朝，四大諸侯聽詔來到殿前。姜桓楚率先將奏本呈上，紂王卻連一眼也不看，指著姜桓楚大罵：「老逆賊，你命女兒殺君，存心篡位，如今還要強辭奪理。」便命令武士將他拉到午門，執行「醢屍」的刑罰。

其他三位諸侯連忙站出阻止，將三本奏本共同呈上，爲姜桓楚求情。紂王還是連看都不看，將奏本丟在案桌上。紂王已下定決心要殺他們四人，又怎麼會聽他們申辯的各種理由呢？

三人見紂王不看奏本，又再上前跪奏：「陛下不看奏本便殺大臣，文武百官怎麼能臣服呢？」

紂王不得已，只好翻開本子看。裡面的內容還是大同小異，無非是規諫紂王不要再殺忠臣，貶奸臣費仲、尤渾，殺妲己，以求天下太平。紂王大怒，將奏本撕得粉碎，命令武士將三人拉出去斬首，並派魯雄爲監斬官。

這時，由左列朝臣中走出費仲、尤渾兩人，他們跪下爲崇侯虎請命。他們向紂王稟告：「崇侯虎只不過是跟他們三位諸侯隨聲附和。依臣的看法，他平時盡忠爲國，造摘星樓、蓋壽仙宮。請陛下體念他忠心赤忱，將功贖罪，赦免他的死罪。」紂王平時對費、尤兩人的話言聽計從，便傳旨特赦崇侯虎。

紂王只有赦免崇侯虎，引起群臣不滿。諸位大臣紛紛站出爲其他三人保奏。紂王聽了衆大臣的諫言後，只好無奈的說：「姬昌，你平常素有仁德的名聲，實在不該隨他們附和，這次特別赦免你。」「姜桓楚、鄂崇禹圖謀叛逆，立刻行刑！」

雖然大臣們還要再奏，但是紂王已經聽不進去。群臣見紂王已經生氣了，就不再說話。於是，監斬官將鄂崇禹帶出去斬首；將姜桓楚以亂刀剁碎，就是執行所謂的「醢屍」。兩位諸侯的家將慌忙的連夜逃回他們的都城，去報告他們的死訊。

費仲見到姬昌被赦，心裡很不是滋味。他向紂王進諫：「姬昌這個人外表忠誠，內心奸詐。這次被放回去，恐怕他會聯絡東魯、南都，回過頭來攻打朝歌。」紂王說：「聖旨已下，哪有出爾反爾的道理。」費仲啓奏：「姬昌回國，百官必定設宴餞別。就讓我去探探虛實，如果他是忠心爲國，就放他回去；如果他圖謀不軌，就將他斬首，以除後患。」紂王邊聽邊點頭：「好，就依你的計畫。」

第二天，群臣在城外十里長亭擺設酒宴爲姬昌餞別。姬昌見到黃飛虎、比干、微子、箕子等知己前來，更覺依依不捨。姬昌憑著他的好酒量，與百官喝了百餘杯的酒。這時，費仲、尤渾也來到了這裡。百官非常討厭，又畏懼他們兩人，便紛紛告辭而去。

姬昌爲人忠厚，不知道他們兩人的計謀，與他們又連續乾了好幾大杯。費仲開口說：「我聽說你會卜卦，演算天數。現在天子胡作非爲，不知你可否算算國家的將來呢？」

西伯姬昌已喝得有點醉意，沒提防這兩個奸臣，他一聽，便說：「國家氣數黯然，只傳到紂王，而且他會不得善終。」費仲又問：「那我們兩人命運又如何呢？」西伯立即卜卦一算，說：「眞奇怪，兩位大夫將來會被冰雪裹身，冰凍而死哩！」二人聽後又再與西伯暢飲，費仲再說：「那賢侯你自己的命運呢？」西伯微笑的說：「我早算過了，我將來會是壽終正寢。」三人

壽終正寢：指人享盡了天年，自然而死。

又再喝了數杯，費仲兩人便藉口宮中有事，與西伯告別。

兩個奸臣回到宮中，將所聽到的話一一向紂王報告。紂王破口大罵：「眞是荒唐的妖言，咒我不得好死，他自己卻是壽終正寢。」於是派晁田去將姬昌捉回來斬首。

與百官告別後，姬昌就啓程出發。他坐在馬上想著，爲何卦上説有七年災難，如今卻平安而回？忽然他想到剛才的酒後失言，大嘆不妙。正在他猶豫之間，晁田已率人來到，將姬昌再請回朝歌。

姬昌被帶到午門的消息，早有密探報告給黃飛虎。黃飛虎大驚，他明白一定又是費仲、尤渾兩個奸臣在搞鬼。於是他急忙派人通知比干及微子等大臣，火速進宮

晁田：晁音ㄔㄠˊ。

伏羲：中國傳說中的古帝王名。

共同向紂王求情。

黃飛虎等大臣來到殿上，伏在階前啓奏：「八卦是伏羲先聖所創，非姬昌所捏造。如果聖上不信，可以命令姬昌現在再卜一卦，如果不準，再來治他捏造妖言之罪也不遲。」因爲諸位大臣的力諫，姬昌被帶到殿上，紂王要求他再卜一卦斷吉凶，以驗證他是否亂講話。

姬昌取出銅錢，演算了一番，大呼不妙，表示明日午時太廟將會發生火災，應立刻將諸先王牌位移開。姬昌說完後便被押入牢房，等候次日的結果。

第二天午時一過，官員匆匆跑來報告，太廟於午時發生大火。紂王及兩個奸臣被這消息嚇得魂飛魄散。他們心想，眞不愧是聖人，說出的話當眞應驗了。紂王急忙與兩位奸臣商量要如何處置姬昌。

羑里城：羑音ㄧㄡˇ。

正在他們商議時，黃飛虎、比干、微子等人前來朝見紂王，要求釋放西伯。紂王說：「姬昌的話果眞靈驗，赦免死罪。但是限制他住在羑里城，不許他回國。等到國事安定後再釋放他回去。」諸位大臣聽後謝恩退下。

黃飛虎一行人送姬昌來到午門，勸他要忍耐，等待紂王回心轉意，再奏請紂王放他回國。姬昌向衆人拜謝後，就與押送官出發往羑里城前去。

時光匆匆，姬昌被軟禁在羑里城已經過了七年了。這日姬昌的兒子伯邑考召來散宜生，表示他要親自前往朝歌，求紂王放了父親。散宜生勸他不要妄動，提醒他西伯離開時曾說過，七年災難一滿，自然會安全歸來，任何人都不要輕舉妄動。

但是伯邑考心意已定，對於散宜生的勸諫一點兒也聽不進去。他將治理國家的事情託付給弟弟姬發，並向母親辭行。等他將事情都交代好後，伯邑考就帶著準備進貢給紂王的祖傳寶物，匆匆往朝歌城出發。

伯邑考來到了朝歌，在亞相比干的引導下，被帶到宮中覲見紂王。伯邑考將隨身帶來的三件寶物及十名美女呈獻給紂王。這三件寶物就是：黃帝大戰蚩尤後留下來的，能夠由人控制往東或往西的「七香車」；無論喝得多麼酩酊大醉，只要躺上片刻就會立刻清醒過來的「醒酒氈」；精通各種曲目，能於酒筵上歌唱、跳舞的「白面猿猴」。

紂王非常喜愛這些寶物，又被伯邑考為父求情的孝心感動，心中便考慮要赦放他們父子兩人歸國。這時，

蚩尤：蚩音ㄔ。

酩酊：音ㄇㄧㄥˇ ㄉㄧㄥˇ。爛醉如泥的樣子。

氈：音ㄓㄢ。把粗毛壓成片，可以做墊子、褥子等。

坐在紂王身旁的妲己向紂王說：「我聽說伯邑考精通音律，善於彈琴，舉世無雙。陛下可命令他彈一曲來欣賞。」於是，紂王便說：「伯邑考！當你正在憂心你父親的事時，如果還能彈一首好曲子來給我聽，我就讓你們父子無罪回國。」

伯邑考非常無奈，不得不撥動琴弦，彈了一曲「風入松」，只聽得琴韻悠揚，清新婉轉，使人覺得彷彿置身仙境一般。紂王聽得心花怒放，就傳旨在摘星樓設宴招待伯邑考。

其實，妲己的本意並不是想聽琴曲，她是想藉機接近伯邑考。在摘星樓的酒宴上，她側著眼偷偷瞧著長相俊秀的伯邑考，心中充滿了無限愛慕。俗話說「自古佳人愛才子」，更何況妲己是個狐狸精。她向紂王建議，

妲己藉機迷惑伯邑考，伯邑考不依，最後被剁成肉餅，送去給姬昌吃。

請紂王命令伯邑考留下來教她彈琴。紂王怎麼會知道妲己的眞正企圖呢？他馬上答應了妲己的要求。

酒宴繼續進行著，紂王很快就喝醉了。妲己一見機不可失，便趕快命令侍臣扶紂王回寢宮安歇，又命人搬了兩張琴來，命令伯邑考過來教琴。

學琴只是妲己的藉口，她根本無心去聽彈琴的方法。妲己竭盡所能去勾引伯邑考，眼送秋波，言語挑逗，但是正直的伯邑考都不爲所動。

妲己見伯邑考對她毫無愛憐之心，她說：「我們兩人各自拿著琴彈奏，按弦難免會有錯誤。不如我們兩人共用一張琴，我靠在你的懷裡，你拉著我的手來撥弄琴弦，這樣的學習方式，我會馬上記住彈琴的方法。」

這一番話把伯邑考嚇得六神無主，他馬上回答：

六神無主：慌亂沒有主張的樣子。

「皇后娘娘是天下人的母親，怎麼可以說出如此兒戲的話，這樣會有失娘娘尊貴的身分。」伯邑考的話使得妲己羞愧萬分，憤恨的命令伯邑考退下。

第二天天剛亮，懷恨在心的妲己立刻報告紂王，說伯邑考在昨夜教琴的時候，無心教琴，反而趁機戲弄她。紂王立刻派人將伯邑考召來摘星樓質問。

紂王說：「我不明白學琴的事，也不知道你是不是無心教琴。不如你再彈一曲給我聽聽，看你是不是真心的。」伯邑考了解這是妲己在搬弄是非，他想，既然逃不出妲己的圈套，不如以身直諫，若是死了也能名留青史。於是他把琴攤放在膝上，彈了起來。

伯邑考彈了一首勸諫紂王廢去酷刑、除掉奸臣、多施行仁政的曲子。剛彈完，妲己伸出手指指著伯邑考大罵：「你竟敢藉著琴音毀謗君主，該殺！」伯邑考立即站起身來，將琴丟向妲己，妲己躲開，跌倒在地。

紂王非常憤怒，命人將伯邑考拿下，將伯邑考的手足用四根釘子釘住，再用刀子將身體剁碎。妲己向紂王建言：「我聽說姬昌被人稱爲聖人，又說聖人不吃兒子的肉，我們偏將伯邑考的肉做成肉餅拿去給姬昌吃；如果他吃了，表示他是虛有其名，我們就放了他；如果他不吃，就應該立刻殺掉他，以除後患。」紂王聽後馬上命令廚師去做肉餅，並派人送去羑里城給姬昌吃。

被囚禁在羑里城的西伯侯，平日皆以彈琴、卜卦自娛。這天，當他正在彈琴時，猛然聽出琴聲中透露出殺意。他急忙取出銅錢一算，不禁流下淚來說：「我的兒子不聽我的話，無端遭來殺身之禍。」

沒多久，紂王的使臣就帶來了肉餅。使臣向西伯侯解釋這是紂王打獵時捕到的鹿做成的鹿肉餅，特地帶過來賞賜給姬昌。姬昌向使臣稱謝後，連續吃了三個餅。但是這時誰又能了解姬昌思念兒子的痛苦呢？

使臣回到朝歌後，向紂王報告他看到的一切。紂王詢問費仲應如何處理。費仲回答說：「姬昌會卜卦，他應該知道他吃的是兒子的肉，但是卻故意欺騙陛下，我認爲還是不要放他回國，以免養虎爲患。」紂王說：「對極了。」於是紂王又打消了釋放姬昌回國的念頭。

在西岐這一方面，姬發也接到了自朝歌連夜奔逃回來的伯邑考侍從的報告，知道了哥哥已被剁成肉醬，不禁放聲大哭。散宜生走上前去，他說：「不如我們先派遣兩名官員各自帶上價值萬兩黃金的珠寶、璧玉，去賄賂費、尤兩人，若是他們收下了這重禮，大王回國就有希望了。」姬發聽了立刻派人去準備。

果然，費仲、尤渾悄悄的收下姬發送來的珠寶禮物。費仲趁著在摘星樓與紂王下棋的時候，向紂王報告：「我本來很懷疑姬昌對陛下的忠心，但是經過這幾日派人查訪的結果，才知姬昌忠心爲國，以德服人，羑里城的百姓也都很感激他在這七年内對他們的教化。」尤渾接著說：「現在天下亂事紛起，建議陛下將忠心的姬昌釋放，加封王位，使他代替陛下，以他賢德的聲望使四方諸侯臣服於陛下的統治。」紂王聽後稱讚兩人的忠心，便派人將姬昌釋放了。

姬昌被釋放後，來到朝歌城向百官辭行，武成王黃飛虎勸他立刻離開朝歌，以免紂王後悔了又來抓他。姬昌便趁著深夜離開了朝歌。

果然不出黃飛虎所料，費仲、尤渾兩人事後覺得不妥，萬一姬昌回國後，懷恨伯邑考被殺的仇恨，領兵作亂，他們可擔待不起這個責任。於是他們趕入宮中，向紂王啓奏：「姬昌回國，卻不來向陛下拜別，匆匆離開，恐怕他企圖謀反。」紂王一邊大罵他們兩人糊塗，要放人要抓人都不仔細考慮，一邊急忙派出大將軍殷破敗及雷開去捉拿姬昌回朝歌。

西伯出了朝歌，渡過黃河，來到了臨潼關。忽然他聽到後面一片喊殺之聲，回頭一看，滿天塵土飛揚，原來是殷、雷兩位將軍帶了追兵趕來了。

姬昌嚇得魂不附體，只能鞭策馬兒往前奔馳，但是他與追兵的距離已越來越近。正當危急之際，忽然聽見有人大叫：「你可是西伯侯姬老爺嗎？」他勒馬停下來，但是看不見前面有任何人影。忽然又聽到：「你可是西伯侯姬千歲嗎？」姬昌正覺得納悶，猛然抬頭一看，只見空中有一紅髮藍面、巨口獠牙、眼大如銅鈴、肩上長著一對翅膀的怪物。

原來他就是七年前被姬昌收養的第一百個兒子雷震子。雷震子被雲中子帶回終南山習藝，眨眼已過了七年。這一天，雲中子算出姬昌將會遇到危難，便把雷震子叫到跟前來。雷震子吃了兩個杏子後，整個臉形就改變了，後肩上也長出了一對翅膀。雲中子取了一根金棍交給他，再教了他一些法術，便派他到臨潼關守候，等著解救他的父親。

雷震子向姬昌說明了這些事後，殷破敗的大兵已追

杏子：杏樹結出的果實。

趕來了。這些平常的凡人哪抵得過有法術的異人呢？殷破敗、雷開的軍隊一下子就被打得潰不成軍。殷、雷兩人急忙領著敗兵退開，回轉朝歌。

雷震子保護姬昌直到西岐邊境，便向姬昌告別。他說師父雲中子有指示，命令他再回終南山去學習法術，將來父子還有相聚的時候。說完，就與姬昌依依不捨的道別，逕自飛回終南山，姬昌也就快馬加鞭回到西岐。

當姬昌回到西岐的消息被老百姓知道後，所有的臣民都張燈結彩，萬民空巷，歡迎他的歸國。姬昌的九十八個兒子也帶領百官出來迎接。他看到這種場面，忽然想到歡迎的人群中，獨缺長子伯邑考，想到他被剁成肉醬，被自己吃進腹中，不禁悲從中來，淚如雨下。

想著想著，姬昌忽然大叫一聲：「痛死我了！」說完後便跌倒在地。忽然，從他口中吐出一塊肉餅，連續吐了三次。三塊肉餅掉落在地上，各自長出四隻短腳和兩隻長長的耳朵，變成三隻兔子跳走了。

衆人見到姬昌嘔吐，連忙扶起他，並派人調理湯藥餵他，經過了幾天休養，姬昌的病就好了。

群臣見到西伯平安歸來，都非常高興。他們向姬昌建議：紂王暴虐無道，這時正是廢除昏君，斬殺奸臣，爲長公子伯邑考報仇的時機。西伯聽後責罵他們：「即使君主有過錯，但是爲人臣子的只能諫言，豈能圖謀造反，失了君臣之間忠孝的倫理呢？你們不要再說了！」

西伯回到西岐後，一心想要停止干戈，使萬民生活安康，百姓豐衣足食。在他仁德的治理下，西岐的人民一直過著日出而作、日入而息的太平生活。

第四回　靈珠子化身哪吒

東伯侯姜桓楚及南伯侯鄂崇禹被暴虐的紂王殺死後，他們的兒子姜文煥及鄂順紛紛起兵反叛，一時之間，天下八百諸侯中已有四百諸侯隨著響應。

在這天下大亂的時候，有一位隱居在乾元山金光洞的太乙眞人，他已算出商朝將要滅亡，天下將由西岐的周室王朝來取代。他知道時機已經到了，於是便攜帶著靈珠子走下山，往陳塘關走去。

鎮守陳塘關的是一名總兵，名叫李靖。他在幼年時

靈珠子：寶物的名稱。

麟兒：形容嬰兒特別聰穎可貴。

期曾拜西崑崙度厄眞人爲師，學成一些五行法術，但是因爲他沒有成仙的命，於是便被派遣下山輔佐紂王。

李靖的夫人殷氏，這時已懷胎三年零六個月，但是卻沒有任何要生產的跡象。李靖指著夫人的肚子說：「你懷孕三年多了還未生產，恐怕胎兒是個妖怪。」殷氏也苦惱的說：「這一定不是個吉兆，眞教我憂心。」

一天晚上，正當殷氏睡得正濃的時候，忽然夢見一位道士直往臥室走來，說：「夫人，快接麟兒！」說完便將一團物體往殷氏懷中一塞。殷氏猛然被這夢驚醒，忽然覺得肚子疼痛，她曉得生產的時候已經到了，便要李靖到前廳去等候。

李靖坐在前廳，想著夫人剛才提到有關道士的夢，到底是吉是凶呢？正在沈吟時，忽然聽到兩名侍兒慌忙跑來，說夫人生下一個妖精。李靖急忙帶著寶劍衝了進去。

李靖來到內房，只見房裡一片紅光，滿屋子充滿了香氣，有一個肉球滴溜溜的轉動著。李靖一驚，用劍一揮將肉球「嘩」的一聲剖成兩半，只見從肉球中跳出一個小嬰孩，滿體通紅，面色純白，右手套著一個金鐲子，胸前圍著一塊金光耀眼的紅綾小肚兜。李靖將這小孩抱起來一看，他想：「分明是個健康的小孩，怎麼可能是個妖怪呢？」他將嬰兒抱給殷氏看，殷氏也非常高興能有這麼可愛的兒子。

第二天，李靖的部屬們都趕來道賀他生了個兒子。這時，門房來傳報，說有一個道士在外面求見。李靖原本是道教出身，聽見有道士來訪，怎麼敢怠慢呢？他連忙差人將道士請進屋內。

道士見了李靖便說：「我是乾元山金光洞的太乙眞人，聽說你生了一個兒子，特地來賀喜。不知道能不能看一下令郎呢？」李靖聽完後就派人將小孩抱過來。

道士見了嬰兒後說：「如果他還沒有取名字，就由我來幫他取名，做我的徒弟好嗎？」

李靖說：「他是我的第三個兒子。我的長子叫金吒，拜五龍山雲霄洞文殊廣法天尊爲師；次子名叫木吒，拜九宮山白鶴洞普賢眞人爲師；如果道長對這小孩有興趣，就由你來命名，拜你爲師吧！」

道士便說：「那就取名哪吒吧！」

李靖向道士道謝，並邀請道士吃飯。道士藉口他還有其他事情要辦，就向李靖告別，獨自離開了。

寒來暑往，轉眼間已經過了七年，哪吒已是個身材高大的七歲小孩。這時正逢炎熱的五月時節，哪吒趁著父親不在，向母親殷氏稟告後，就帶了一名家將溜到關外去閒遊。

出了城關後，才走不到一里路，哪吒已熱得汗流浹背。他看見前面有一片青綠的柳樹林，便帶了家將來到柳樹林蔭下休息乘涼。來到林中，解開衣帶，微微涼風吹拂到身上，暑氣全消，眞是舒暢快樂。忽然，哪吒看見眼前有一條綠波蕩漾的河流。哪吒走到河邊，迫不及待的脱了衣裳，坐在河邊的右頭上，用紅綾肚兜蘸著水洗澡。

這條河叫九灣河，位在東海口上。這時，坐在水晶宮中的東海龍王敖光忽然覺得宮殿搖晃得十分厲害。他

哪吒：音ㄋㄨㄛˊ ㄓㄚˋ。

覺得奇怪，沒有地震，爲何宮殿會搖晃呢？他急忙傳喚巡海夜叉去查看是什麼東西在作怪。

原來，哪吒手上戴著的金鐲叫做「乾坤圈」，他穿著的紅綾肚兜叫做「混天綾」，這兩件寶物都是金光洞的鎮洞寶物。哪吒的雙手在水裡撥弄，以紅綾布蘸水洗澡，難怪會把河水映得通紅，水波震動。

長得青面獠牙的夜叉來到九灣河上，看見一個小孩在河邊用紅布蘸水洗澡。夜叉大叫：「那該死的小孩是誰？用什麼怪東西把河水映得通紅，宮殿搖動？」

哪吒低頭一看，水裡面有一個紅髮青面、巨口獠牙，手拿大斧的怪物。哪吒說：「你這畜牲，憑什麼說話？」

夜叉大怒，心想：「我也是堂堂奉龍王命令巡海的

夜叉：想像中醜陋的鬼怪。

夜叉，竟敢叫我畜牲。」於是便跳出水面，拿起大斧往哪吒身上劈去。哪吒脫下手上乾坤圈往空中一丟，寶物掉了下來，正好打在夜叉頭上，夜叉哪禁得起寶物的撞擊，立刻被打得腦漿迸裂，死在岸上。

哪吒笑著說：「把我這乾坤圈都弄髒了。」就坐在石頭上，將乾坤圈放在河裡清洗。

龍王住的水晶宮再次承受強烈的衝擊，差點兒就把宮殿搖垮。龍王正納悶著：「夜叉去查探尚未回報，爲何宮殿搖晃得這麼厲害？」這時龍兵回來傳報，說夜叉已被一個小孩打死在岸邊。

龍王大怒，正想點兵親自去查看。這時，龍王三太子敖丙站出來，他說：「請父親安心，我出去將他抓回來。」說完，便帶了幾名龍兵，騎上逼水獸，走出水晶宮。

在岸邊的哪吒，看到水面被劈開，大浪分開往兩邊湧去，由中間走出一騎著逼水獸，手拿畫戟的人，正是敖丙。

敖丙問：「是誰打死巡海夜叉？」

哪吒面無懼色的回答：「是我！我是陳塘關總兵李靖的第三個兒子。我父親是鎮守陳塘關的統領，我在這兒洗澡關他何事，他來罵我，我打死他也是很平常的事。」

敖丙聽了大罵：「好大膽，殺死天兵還敢亂講話。」拿著畫戟就刺向哪吒。

哪吒躲開，問：「那你又是誰呢？」

敖丙說：「我乃是東海龍王三太子敖丙。」

畫戟：戟音ㄐㄧˇ。古代的一種兵器。

兩人說完後又打了起來。哪吒一急，拿出混天綾往空中一攤，只見滿天紅光朝敖丙蓋下，敖丙被打下逼水獸。哪吒趁機搶上前去，拿起乾坤圈往敖丙頭上打去，把太子元身打了出來，原來是一條小龍。

哪吒打死了敖丙，心想：「也好，就把他的龍筋抽出來，做成一條龍筋皮帶送給父親吧！」一邊想著，就把龍筋抽了出來，帶回關內。

敖丙被打死、抽筋的消息傳回水晶宮後，龍王大驚失色，他想：「李靖啊！你在西崑崙學道的時候，我與你也有一拜之交。你放縱兒子打死我的孩子，竟然連他的筋都抽走了！」想著想著，失去兒子的事使龍王痛心切骨。龍王隨即化身成一名書生，往陳塘關找李靖算帳。

元身：原身的意思。敖丙原來是由小龍變成人形的。

哪吒潛到河裏洗澡，不小心遇上夜叉，因而與海龍王發生誤會。

李靖聽到老朋友敖光來拜訪，急忙將他迎接到大廳。李靖看見龍王一臉怒色，正想發問，卻聽到敖光先開口：「李靖！你生的好兒子！」

李靖覺得奇怪，他說：「兄長多年未見，爲何突然這樣說我呢？我只有金吒、木吒、哪吒三個兒子，他們都拜在名山得道的隱士門下學藝。雖然說不上好，但也不是無賴之徒，你可不要錯怪他們。」

敖光氣呼呼的說：「你的兒子在九灣河洗澡，不知用什麼法術將我的水晶宮震得幾乎倒塌。我派夜叉出來查看，他將夜叉打死不打緊，我的第三個兒子出來查看，也被打死了，還把他的筋都抽走了。」說著說著，不禁心酸的掉下淚來。

李靖勉強陪著笑臉說：「兄長錯怪我兒子了。現在

無賴：放刁、撒賴。

長子在五龍山學藝，次子在九宮山，三子才七歲，他們怎麼可能做出這種事呢？」

龍王聽了勃然大怒：「就是哪吒幹的好事。」

李靖大吃一驚，急忙找來哪吒，問明原委。

哪吒回答：「我到城外遊玩，因爲天氣炎熱，就到河裡洗了個澡。想不到有個夜叉過來罵我，又拿斧頭要砍我，被我不小心打死了。誰知道又有個叫敖丙的，拿著畫戟要刺我，結果被我用混天綾裹住，用乾坤圈打出一條龍來。我想龍筋非常珍貴，就把它抽出，想要帶回來給父親做腰帶。」哪吒接著說：「龍筋還是原封不動，如果伯父想要，就還給他吧！」

敖光看了龍筋，睹物傷情，他向李靖說：「我兒子畢竟是玉皇大帝封的正神，如今卻被無知的小孩打死，我明天就要上天庭稟告玉帝。」說完後就拂袖揚長而去。

龍王走後，李靖頓足大哭。他對哪吒說：「我們全家都要受你的連累。明天龍王將要去稟告玉帝，我和你多則三日，少則兩日，都將成爲刀下之鬼。」夫人殷氏也跟著在旁哭泣。

哪吒聽見父母哭泣，心裡不安。他跪下說：「一人做事一人當，我不是凡人，我是乾元山金光洞太乙眞人的弟子。讓我前往乾元山，找我師父想辦法。」說完，哪吒走出家門，從地上抓了一把土往空中一撒，藉著土遁的法術，一瞬間就到了乾元山。

太乙眞人在金光洞中接見哪吒。哪吒向他報告了所發生的事情後，他便把哪吒叫到面前，命令他把衣裳解

一瞬間：是指一下子，很短的時間。

開。眞人用手指在哪吒前胸畫了一道符，又吩咐他明天到天庭的寶德門去等候敖光，並交代他一些事情。

哪吒向師父拜別後，就直接往寶德門而來。

天上的景物果然異於凡間，當哪吒來到寶德門，看到的盡是金光萬丈、瑞氣千條的亭台樓閣。這時時間還早，天宮的各處大門都還未開啓。哪吒便守候在天宮大門旁邊，等候敖光的到來。

不久，只見敖光穿了一身亮麗的朝服，朝寶德門而來。哪吒可以看得見敖光，但是敖光卻看不到哪吒。原來，太乙眞人在哪吒胸前畫的符咒便是隱身符。

哪吒看見敖光往這邊走來，便拿起乾坤圈往敖光後心打了下去。敖光站立不穩，跌倒在地，哪吒往前伸出一腳，便把敖光踩在地上。

勃然大怒：很生氣的樣子。

唯唯諾諾：順從的樣子。

敖光回頭一看，認得是哪吒，不禁勃然大怒，但是他被踩在地上，動彈不得，只能張嘴大罵。

哪吒任憑他破口大罵，心想：「龍怕被人揭開鱗片，老虎怕被人抽筋。」於是就把敖光的衣服掀開，朝敖光赤裸裸的左腋下抓了過去，連抓了數把，抓下敖光四、五十片鱗片。敖光痛得只能大喊饒命。

哪吒說：「你只要跟我回陳塘關，我就饒你。」敖光現在的生命完全在哪吒的控制下，他只得唯唯諾諾的答應了。於是，龍王便化成一條小青蛇，讓哪吒放進袖裡，離開寶德門，兩人一同回到陳塘關。

李靖看到兒子回來，責問他：「你到哪裡去了？」

哪吒說：「我到寶德門，請敖光伯父不要上奏本給玉皇上帝。」說完，從袖中取出一條小青蛇，敖光化成一陣清風，變成人形。

李靖大吃一驚，急忙問：「兄長爲何如此狼狽？」敖光非常憤怒的將他在寶德門被哪吒毆打的事說了一遍，又將衣服掀開，露出鮮血淋漓的左腋給李靖看。

敖光說：「看看你生的這個兒子。待我把四海龍王找齊，一起到靈霄寶殿上奏，申訴我的冤枉。」說完，化成一陣清風而去。

李靖見事情搞得更嚴重了，不禁憂心萬分。哪吒近前跪下稟告：「我不是私自投胎，是奉玉虛宮命令下凡來保護周室明君，若有任何事情，我師父太乙眞人會幫我承擔，請父親不用擔心。」

李靖自然知道哪吒來歷不簡單，正想再向哪吒訓斥時，母親殷氏畢竟愛子心切，急忙上前勸阻，並叫哪吒退到後花園去休息。

哪吒來到後花園，坐了一會兒便覺得很悶，就走出後花園，來到陳塘關的城樓上納涼。這地方他從未來過，不覺自言自語的說：「這正是個玩耍的好地方。」

忽然間，他看見城樓的兵器架上放著一張弓及三枝箭。他想：「師父說我是周室討伐紂王的先行官，不如趁此機會先演練看看。」這副弓箭乃是陳塘關的鎮關之寶：乾坤弓及震天箭。自從軒轅黃帝大破蚩尤之後，留傳至今並沒有人拿得動。哪吒年紀雖小，卻是神力過人。他不費吹灰之力便將弓箭拉開，將箭搭在弓弦上，往西南方向射了出去。只聽得箭響後一道紅光迅速飛去，周圍盤旋著祥瑞彩環。

在陳塘關西南方的骷髏山白骨洞，住著一位法力高

先行官：軍隊的先鋒司令。

強的石磯娘娘及她的徒弟們。石磯娘娘的徒弟碧雲童子正在山崖採草藥的時候，從遠方飛來一箭，正中他的咽喉，碧雲童子就這樣莫名其妙的被箭射死了。

石磯娘娘知道弟子被箭射死，既傷心又憤怒。當她看見這箭乃是陳塘關的震天箭，心裡認爲一定是李靖所射，立刻派黃巾力士去把李靖抓來白骨洞。

李靖見到石磯娘娘，立刻跪下參拜，說：「娘娘派人帶我到這裡，不知道是什麼事情得罪了您呢？」

娘娘拿出震天箭，以充滿了怒氣的語氣說：「這震天箭上面刻有你的官銜，是你的東西吧？你竟然放箭殺死我的門人。」

無辜的李靖覺得十分奇怪，這乾坤弓、震天箭是黃帝時代留下來的寶物，平時放在陳塘關城樓上，沒有人能夠拿得動，莫非又是哪吒？他向娘娘稟告：「我覺得這事非常奇怪，請娘娘讓弟子回去查明，再來向您稟告。」

娘娘聽完李靖的話，便說：「好吧！就讓你回去調查。如果你查不出來，我會再找你算帳。」於是李靖就告別娘娘，藉著土遁的法術回到陳塘關家中。

殷氏見到李靖被人抓走，正驚慌得不知要如何處理，這時看見李靖回來，急忙跑上前探問。李靖把在白骨洞聽到的事情向殷氏述說了一遍。殷氏說：「不可能是哪吒。敖光的事還未解決，他怎麼敢再惹是生非。而且，他還這麼小，怎麼能使用這弓箭呢？」

李靖叫衛士將哪吒叫來，他故意問哪吒說：「你師父說你將來是輔佐聖主的先鋒，你也該好好去練習一下騎馬、射箭才是。」

哪吒聽了非常興奮，他說：「孩兒也有這樣的志向。剛剛我在城樓上看見一副弓箭，便拿來練習。想不到射了一箭，紅光繚繞，把一枝好箭射丟了。」

哪吒的一番話，把李靖氣得大叫：「你這逆子，打死龍王三太子的事還沒解決，卻又惹出這個大禍。」又說：「你剛才射出去的箭把石磯娘娘的弟子射死了。」李靖大聲斥責哪吒，說完後就帶著他一同前往白骨洞，要向石磯娘娘請罪。

李靖父子來到白骨洞口，李靖吩咐哪吒等在洞口，他要先進洞向娘娘稟告，說完後就走了進去。

等在洞口的哪吒，看見洞裡走出一人，他想：「這裡是別人的地盤，應該先下手爲強。」於是，哪吒舉起乾坤圈朝那人打了下去。

原來這人是石磯娘娘的弟子彩雲童子。娘娘聽了李靖的說明後，便派遣彩雲童子去帶哪吒進來。彩雲童子剛到洞口，沒有提防便挨了哪吒一圈，跌倒在地。這時，洞裡的石磯娘娘聽到洞外聲響，急忙出來，正好救了生命危在旦夕的彩雲童子。

哪吒看見身穿大紅八卦衣，手拿太阿劍的石磯娘娘走出洞來，不由分說便拿起乾坤圈朝她打下來。

娘娘看見乾坤圈，「哼」了一聲，說：「原來是你！」便用手將乾坤圈接了過去。哪吒大驚，再拿出七尺混天綾來。娘娘把袍袖往上一揮，混天綾便輕輕的落進娘娘袖裡。失去武器的哪吒，轉身就跑。

石磯娘娘向站在身後的李靖說：「這裡沒有你的

事，你回去吧！」說完，就騰雲駕霧追趕哪吒去了。

哪吒往乾元山金光洞跑來，見了師父太乙眞人，並向他說明發生的事情。太乙眞人聽完後，滿臉怒氣的石磯娘娘剛好趕到。

太乙眞人上前打躬作揖，他向娘娘說：「哪吒是靈珠子投胎，背負有輔佐聖主，消滅暴君的天命。妳的弟子被誤殺也是天命，妳就不要怪他了。我們修道的人應該要清心寡慾，保持修持，怎可以妄動無名火，傷了修行呢？」

但是正在氣頭上的石磯娘娘聽不下太乙眞人的這一番說教，手拿起寶劍，劈頭就往太乙眞人迎面砍來，太乙眞人被逼得只好反擊。

兩位法力高強的修道人交戰數回合，仍分不出勝負。石磯娘娘取出法寶八卦龍鬚帕，要取眞人性命。太乙眞人笑著用手一指，八卦帕便掉落下來。眞人想，到了這個地步，只好拿出法寶來。於是，眞人跳出娘娘的劍陣，拿出九龍神火罩拋向空中，娘娘躲避不及，被神火罩罩住。不一會兒的時間，便被罩裡的三昧眞火燒鍊出原形，原來是一塊開天闢地時代生成的頑石。眞人開了殺戒後，便把神火罩及乾坤圈、混天綾收回，走回洞府。

眞人叫哪吒過來，告訴他：「你快回家，四海龍王已經奏稟玉帝，奉旨來捉拿你父母。」哪吒一聽，頓時淚流滿面，懇求師父救他父母，他說：「兒子做事，殃及父母，教我如何能安心呢？」

眞人叫哪吒上前，附在他的耳朵上說了一番話，告

殃：音ㄧㄤ。使人受害。

災厄：厄音ㄜˋ。災難、困厄。

訴他唯有如此才可解救父母親的災厄。哪吒聽完，立刻向師父叩別，以土遁法往陳塘關奔去。

哪吒來到家門口，看見府裡人聲擾攘，原來是四海龍王帶了士兵前來。哪吒對著他們厲聲大叫：「一人做事一人當。是我打死敖丙，就由我來償命，做人子女豈能連累父母。」又對著敖光說：「我的元神是靈珠子，奉命來到凡間，我現在剖腹剜腸剔骨，將骨肉還給生我的父母，這事就與他們無關。你們如果不同意，我們就一同到靈霄殿見玉帝，請他來主持公道，我自然也有話說。」

敖光一聽，便說：「罷了，看在你的孝心，我們就答應你的要求。」於是四海龍王就放開李靖夫婦。

哪吒看見父母被釋放，於是便以右手提劍，砍了自己的左手胳臂，又以劍剖開自己肚腹，刳腸剔骨，魂魄離開了肉體，往乾元山飄了過去。四海龍王看見哪吒已自殺謝罪，於是他們也跟著離開，返回天庭報告玉帝。

哪吒魂魄飄到乾元山，太乙眞人早已預料到了。他告訴哪吒：「你回去托夢給你母親，告訴她離陳塘關四十里處有一座翠屏山，請她在山上爲你建造一座廟，你在那兒接受人間香火朝拜，三年一滿，你就可以恢復形體，輔佐眞主。」哪吒一聽，魂魄又飄回陳塘關去了。

正是深夜三更，殷氏夢到哪吒前來托夢，求她在翠屏山上爲他建一座廟。殷氏驚醒，發覺原來是一場夢。殷氏想到自己的兒子已死，不禁失聲痛哭。

睡在身旁的李靖被殷氏的哭聲吵醒，就起來問明原委。聽完殷氏述說，李靖說：「這逆子害我們不淺，不要理他。而且，夢由心生，妳是因爲太想念他了才會夢到他，不要當眞。」

但是殷氏連續好幾天都夢到哪吒過來求她。愛子心切的殷氏便瞞著李靖，派人偷偷的在翠屏山蓋了座廟，放置了一座哪吒神像，接受人間香火。

自從蓋了廟後，哪吒魂魄有了依靠，於是他便藉著神像發揮神力，造福附近地方鄉民。哪吒顯靈的事情一下就被鄉民傳開，於是來廟裡上香朝拜的老百姓便越來越多。

光陰似箭，哪吒接受香火朝拜已半年多了。這天，李靖帶兵在外操練，回程中經過翠屏山，看見翠屏山上來往的男男女女絡繹不絕，便好奇的詢問士兵。

士兵告訴李靖，山上有一座廟叫「哪吒行宮」，因爲神蹟靈驗，所以香火旺盛。

李靖一聽，立刻快鞭策馬來到哪吒廟中，他指著哪吒的神像大罵：「畜牲，你生前擾亂父母，死後還要愚弄老百姓。」罵完，拿起鞭子一鞭把神像打得粉碎，接著又傳令放火燒了廟宇，並命令鄉民不准再信奉這假神仙。

這時哪吒魂魄剛從外面雲遊回來，見自己的泥身神像被打碎，廟宇已不存在。當他知道是李靖所爲，他覺得非常傷心又氣憤，一縷魂魄又飄向乾元山找師父想辦法。

太乙眞人見到哪吒回來，覺得驚訝。當他聽見哪吒的敘述，不禁說：「李靖，這就是你的不對了。既然他已把肉體還給父母，他在翠屏山的作爲便與父母無關，爲何你還要爲難他呢？」

眞人接著叫金霞童子取來蓮花兩枝、荷葉三片。他將蓮花瓣摘下鋪好，將荷葉梗折成三百個骨節，三片荷葉按上、中、下、天、地、人的位置放好，將一粒金丹放在正中，口中念唸有詞，再將哪吒魂魄往荷葉一推，大喝：「哪吒不成人形，更待何時？」一陣響聲過後，跳出一個面白脣紅、目光炯炯，身高一丈六尺的仙子。這就是哪吒的蓮花化身。

哪吒有了形體，他立刻跪在地上叩謝師父。眞人問他：「你的神像被李靖打毀了，你難過嗎？」哪吒一聽，馬上回答：「此種仇恨難以忘記！」眞人就帶哪吒來到桃花園，教他火尖鎗法，傳授他兩隻風火輪，又交給他一副豹皮錦囊，囊中放著乾坤圈、混天綾及一塊金

炯炯：音ㄐㄩㄥˇㄐㄩㄥˇ，目光有神的樣子。

磚。眞人指示哪吒前往陳塘關去找李靖。於是，哪吒拜別師父，腳踏兩隻風火輪，手提火尖鎗，再次回到陳塘關。

哪吒來到李靖府前，破口大罵：「李靖！我已將骨肉還給你了，從此與你無關，爲何你還要到翠屏山，搗壞我的神像？」說完，舉鎗往李靖刺去，李靖手持畫戟迎戰。

哪吒力大無窮，交戰不到三、五回便把李靖殺得人仰馬翻。李靖不敵，倉皇的往東南方逃去，哪吒緊緊追趕在後。眼看李靖生命危在旦夕，卻見有一道童出面阻擋，原來是李靖的二兒子，哪吒的二哥木吒。

木吒聽了父親的解釋，大罵哪吒：「天下沒有不是的父母。」說完後就拿劍朝哪吒刺過去。哪吒一驚，舉鎗抵擋。接著拿出金磚朝木吒打去，木吒被金磚打得跌了一跤。哪吒不管木吒，繼續追趕往前拼命奔逃的李靖。

經過五龍山雲霄洞，文殊廣法天尊和李靖長子金吒師徒協助李靖，以七寶金道困住哪吒，其後太乙眞人來到，一起來磨哪吒的殺性。但哪吒在脱困之後，又來追趕李靖。

追到一處山崗，正在危急的時候，前面走來一位道人。他叫李靖躲到身後，並問哪吒爲何追趕他。

哪吒將翠屏山的事情敘說了一遍。道人拍了李靖背部一下，暗中將神力傳給他，並要他再出去迎戰哪吒。

哪吒與李靖對打了數十回仍不分勝負，他明白這是道人在搞鬼，於是放開李靖，舉鎗刺向道人。道人手拿白蓮花擋住，並從袖中舉出玲瓏寶塔往空中一丟，寶塔往哪吒罩下。頓時，塔裡發火，把哪吒燒得直喊饒命。

道人放了哪吒出來，並命令他跪在地上向父親謝罪。哪吒雖不情願，但害怕那寶塔的威力，只得依著道人的話做。道人又將寶塔傳授給李靖，若是哪吒日後反悔，可以拿這塔來治他。道人說完，命令哪吒先回去乾元山，等待輔佐明君的時機，日後父子還有相會的機會。哪吒見事情已成定局，只好先行返回乾元山。

道人告訴李靖，現在商紂失德，天下大亂，最好辭去官職，隱居山林，等待武周興起再出來立功立業。李靖聽完後跪地叩首，便回去隱居了。

原來，這道人就是靈鷲山元覺洞的燃燈道人。太乙眞人早已算出哪吒犯了太重的殺戒，所以送他出來磨練，並請燃燈道人來撮合父子的團聚。
後來，李靖父子果然和睦相處，共同輔佐周王，成就大事。

第五回　姜尚下山佐周室

紂王暴虐無道，各地諸侯紛紛起兵反抗，天上神仙也藉此混亂的局勢，來到人間大鬧一場。這時，天下大勢的演變已注定了商朝滅亡的命運，各方神仙也將因著這場人間的殺戮，重新分封神職。

住在崑崙山玉虛宮的闡教教祖元始天尊，認爲時機已經成熟了，便決定派遣他的徒弟姜子牙下山，協助周王討伐殘暴的紂王，並執行封神的任務。

一天，元始天尊坐在八寶雲光座上，並派白鶴童子去請姜子牙過來。

天尊問：「你到崑崙山學藝有幾年了？」

子牙回答：「弟子三十二歲上山，如今已經七十二歲了。」

天尊接著說：「你與仙界緣分淺薄，命裡注定無法成仙，不過卻能享盡人間榮華富貴。如今商朝氣數已盡，西方周室聖王興起，你可以下山扶助賢明的君王，並幫我完成封神的任務，如此才不枉費你在山上修行四十年的工夫。你收拾一下行李就下山吧！」

姜子牙聽了師父一番話，連忙哀求師父讓他留在山上繼續修行。但是天尊告訴他這是天命，難以違反，將來完成任務之後，還有上山的機會。姜子牙只得收拾琴、劍及衣裳，向師父跪拜道別後，依依不捨的走下山。

與師父分別後，姜子牙想到自己舉目無親，不知要去投靠誰。忽然想到朝歌城住著一個結拜的兄弟宋異人，便決定暫時去投靠他。

姜子牙利用土遁的法術來到朝歌城南門外的宋家莊，看了眼前的景物，不禁感嘆四十年別離，門庭依舊，世事全非。

宋異人與姜子牙兄弟兩人重逢，有著說不完的話題，兩人飲酒談話直到深夜。宋異人要姜子牙留在宋家莊住下，並提議介紹一門親事給他，以傳姜氏香火。

第二天，宋異人便騎了驢子到馬家莊拜見馬員外。這位馬員外家中有個女兒馬氏，年紀六十八歲，尚未嫁人。馬員外見到有人來提親，心裡非常高興。於是，雙方很快議定一個黃道吉日，讓姜子牙與馬氏成了親。

姜子牙與馬氏結婚之後，每日只是思念著山上修道的時光，心中並不快樂。馬氏不了解子牙的心事，不斷的罵他是個無用的東西。

馬氏告訴子牙：「即使是親密的兄弟，也有分離的一天。我們現在住在宋大伯家，雖然不愁吃穿，但是如果有一天他不在了，我們該怎麼辦？我勸你出外做些小生意，賺些小錢，爲我們以後的日子著想著想。」

馬氏又說：「你就編些竹簍子拿到城裡賣賣看吧！」

於是姜子牙就聽了馬氏的建議，到宋家莊後園砍了些竹子，劈成竹篾後編成竹簍子，挑到朝歌城去賣。一整擔重重的竹簍子把子牙的肩都壓腫了，但是從早上賣到晚上，卻連一個也賣不出去，姜子牙只得再把整擔竹簍挑回家。

姜子牙向馬氏抱怨，他說朝歌城的人都不用竹簍，馬氏責怪他做生意不懂方法。夫妻兩人爲了這事大聲爭吵，宋異人聽到夫妻兩人的吵架聲，急忙過來排解。

宋異人問明了事情的原委，他說：「我又不是養不起你們，你們何必如此麻煩呢？如果要做生意，倉庫裡放著一些麥子，你們可以拿去磨成麵粉，由賢弟挑到城裡去賣。」姜子牙夫婦聽了，連忙向宋異人道謝。

第二天，姜子牙挑了一擔麵粉進城叫賣，走遍了整個城市，卻連一斛也賣不掉，又餓又累的他，只得把擔子挑到南門口放下，靠著城牆休息一下。這時，一匹脫韁的戰馬忽然往城門口跑來，馬蹄勾到麵粉擔子的繩

斛：音ㄏㄨˊ。一種量器的名字，五斗爲一斛。

子，將整擔麵粉踢翻，灑在地上。不巧，一陣狂風忽然吹起，灑在地上的麵粉一瞬間便被吹得乾乾淨淨。

坐在家中等候丈夫歸來的馬氏，看到子牙挑著空擔回來，高興的說：「朝歌城裡賣麵粉眞容易啊！」姜子牙無奈的把事情經過述說一遍。夫妻兩人一言不合，拳來腳去，兩人揪打成一團。

宋異人聽到爭吵聲，又趕過來勸架。他知道了吵架的原因後便說：「我在城裡有三十五家飯店，你一天輪流去一家看店，當天賺的錢就算是你的。」

子牙向宋異人道謝，第二天便到南門口的飯店去看店。這家店位於城門口的交通要道，平時客人絡繹不絕。但是這一天，因爲午後的一場傾盆大雨，連一個客人也不進門，準備好的酒菜也因天氣炎熱而餿掉了。

揪：音ㄐㄧㄡ。用手拉扯。

餿：音ㄙㄡ。食物腐敗，有了臭味。

宋異人見到這般情況，勸他不要難過，拿出五十兩銀子，要他到街市買幾隻牛、馬、豬、羊，帶到朝歌城賣。

姜子牙領了這些銀子買了些豬、羊，趕往朝歌販賣。他並不知道，因爲紂王及妲己殘害生靈，朝歌城已經半年沒有下雨了，所以天子宣布朝歌城禁止屠宰以祈求降雨。當他把牲口趕進城中，一隊士兵便衝過來沒收了這群豬羊，姜子牙嚇得慌忙奔回家中。

宋異人知道了事情的經過，了解姜子牙心中的苦悶，便邀他到後花園喝酒解悶。

兄弟兩人來到後花園，姜子牙看到一片空地，便問：「這片空地上怎麼不蓋樓房呢？空著不用太可惜了。」

宋異人回答：「不瞞你說，我曾經蓋過七、八次，但是不知道什麼原因，每次蓋好就遇上火災燒掉了，從此我就放著它，無心再蓋了。」

姜子牙說：「仁兄只管起造房子，讓我來幫你壓住這股邪氣。」

宋異人接受了姜子牙的建議，挑了一個良辰吉日破土興工。當樓房造好，安裝好大樑的那日深夜，姜子牙坐在牡丹亭中觀看究竟。

忽然間颳起一陣狂風，飛沙走石，從火光中走出五個精靈。姜子牙舉劍一揮，這五個小妖立刻跪下求饒。姜子牙便命令他們到西岐山搬泥運土，聽候差遣。五個妖精叩頭道謝後，就前往西岐去幫忙周王了。

宋異人得知子牙收妖的事，知道他精通命理、能辨陰陽，於是建議他開一家命相館。熱心的宋異人並為他在朝歌南門找了一間房子，供他開店用。

時運不濟的姜子牙，命相館開了五個月，卻不見任何客人上門。

有一天，有個樵夫劉乾挑了一擔柴來到南門，當他看到命相館門口兩邊的對聯寫著：「袖裡乾坤大」「壺中日月長」，便走進店裡，拍桌子叫醒正在打瞌睡的姜子牙，要他解釋這兩句話的意思。

姜子牙說：「袖裡乾坤大就是指能知過去、未來；壺中日月長是指我有長生不老的法術。」

劉乾聽了非常不服氣，他說：「那麼你就幫我卜個卦，如果準了，我就付你二十文錢，如果不準，我就賞你幾拳，不准你在這裡開店。」

姜子牙聽了，拿了紙、筆就寫上四句：「一直往南走，柳蔭一老翁，銅錢一百二十文，四個點心兩碗酒。」劉乾看了大笑，他說：「我賣柴二十多年了，還不曾有人賞我點心吃。」姜子牙叫他儘管往南走去就是了。

劉乾挑了柴，半信半疑的往南走，果然看見柳樹下站著一個老人。

老人問：「這柴火賣多少錢？」劉乾想：「我就說是一百文錢，少算二十文，看這算命的怎麼解釋。」於是他回答一百文錢。老人便叫劉乾幫忙將柴火拿進屋裡。

這個劉乾是個愛乾淨的人，當他將柴火放好後，看見地上掉了些枯葉，便順手拿掃帚將地掃乾淨。老人走過來一看，不禁稱讚他是個好人，於是派了一個小孩送來一壺酒及四個點心賞他；劉乾拿起酒壺來一倒，剛好是兩杯。接著，老人從懷裡取出錢來，他先將一百文柴火錢交給他，另外再給他二十文。老人解釋這是喜錢，因爲今天是他兒子結婚的大喜日子。

劉乾收了錢後驚訝萬分。他奔回命相館，沿路大喊：「朝歌城出了活神仙了！」消息很快的散布開來，轟動了朝歌城的軍民百姓，人人都來找姜子牙卜卦算命。馬氏見到生意興隆，高興得只管收錢，宋異人也放下了心。

另一方面，就在南門外不遠的軒轅墳中，住著一隻玉石琵琶精。她時常到朝歌城中探望妲己，餓了就抓宮人來吃，宮中御花園的太湖石下，積滿了她丟棄的白骨。

有一天，當她探望妲己後要返回巢穴的途中，經過南門上空，聽到底下一片吵嚷的聲音，撥開雲霧一看，原來是大家擠著要姜子牙算命。於是，琵琶精幻化成一個婦人，擠進人群中，也要姜子牙來爲她算命。

衆人一看美貌女子走來，連忙閃開，讓她走到姜子牙桌前。姜子牙抬頭一看，心裡暗想：「好妖精！竟然來測試我的眼力。今日若不除妖，更待何時？」

姜子牙請她伸出右手，妖精笑著伸出手來。姜子牙見機不可失，伸手按住妖精脈門，並用丹田之氣運上火眼金睛，將妖光釘住，使妖精無法變幻逃脫。

妖精急得大叫：「非禮呀！救命啊！」

衆人不知所以然，大罵姜子牙年紀一大把了，還要欺侮女孩子。姜子牙辯稱這是一隻妖精，但是眾人紛紛大罵他胡說，並要他快放開這個姑娘。

姜子牙想：「如果放開這個妖精離開，那我可就百口莫辯了。」於是他隨手抓起桌上青石硯台，往妖精頭上打去，打得妖精腦漿噴出，血染衣襟。但是他的手還是緊抓妖精的手不放，以防止她變形。

眾人看到姜子牙打死人，團團圍住命相館，不讓他離開。這時正好亞相比干騎馬經過，眾人便押著姜子牙去見比干。姜子牙跪下向比干報告了事情的經過，這時他的手仍然緊抓著妖精的手不放。

比干聽完姜子牙的敘述，覺得這件事情非常詭異，便決定把姜子牙帶去覲見紂王，請紂王來仲裁。

比干來到摘星樓，向紂王報告在南門命相館發生的事情。這時，坐在紂王身旁的妲己暗叫不妙：「妹妹，妳回巢穴就好了，為什麼還要去招惹惡人呢？我一定要為妳報仇。」她便上前報告紂王：「亞相的報告，眞假難辨。請陛下將那術士連那被打死的女子帶到這裡，讓我們看看。」紂王聽了就傳旨帶姜子牙過來。

姜子牙被帶到摘星樓，跪在階前，右手揪住妖精，向紂王稟告：「小民是東海許州人氏，姓姜名尚，字子牙。平日在南門為人卜卦營生。沒想到這隻妖精作怪，前來誘惑小民，被我看破天機，斬妖除魔。」

紂王問：「我看這女子人模人樣，你有什麼證據說她是妖邪呢？」

姜尚說：「陛下可派人取來柴火數擔，用火逼她現出原形。」

紂王覺得很好奇，就照著姜子牙的話派人取來柴火，將妖精放在柴堆上，點上了火。說也奇怪，火勢熊熊的燒了兩個時辰，妖怪還是毫髮無傷，看得紂王及比干嘖嘖稱奇，連連問姜子牙要如何使妖精現形？

於是，姜子牙運起三昧眞火，由眼、鼻、口中噴了出來。這火乃是精、氣、神三昧鍊成，妖精怎麼經得起！妖精在火光中一邊翻滾，一邊大叫：「姜子牙！我與你無冤無仇，爲何你要害我？」

紂王聽見妖精在火裡說話，嚇得目瞪口呆。姜子牙請紂王暫時迴避，說著就大喝一聲，最後火滅煙消，現出一把玉石琵琶。

妲己在旁邊看得心如刀割。她看見玉石琵琶精現出原形，勉強裝出笑容向紂王要求賞賜這面琵琶給她。紂

昧：音ㄇㄟˋ。隱藏起來。

姜子牙命人堆柴燒火，逼妖精現出原形，原來是一把玉石琵琶。

王不明白妲己的企圖，以爲妲己喜歡這面琵琶，想拿它來演奏，就叫人將琵琶取來交給妲己。其實，妲己是想將琵琶放在摘星樓上，採天地之靈氣，吸取日月之精華，使它能在將來復活，還原成妖精。

姜子牙因爲除妖有功，受到紂王的褒揚，並封了下大夫的官職，掌理司天監職務。姜子牙向紂王謝恩後答應留在朝廷裡做官，爲紂王效命。

國家將要滅亡的時候，妖魔鬼怪就會出來作亂。但是姜子牙除妖的事並沒有使紂王產生警惕，他仍然每日與妲己在摘星樓上飲酒作樂，不管朝政。

有一天深夜，紂王與妲己在摘星樓上已喝到半醉。妲己趁著酒興站起來跳了一曲歌舞，在旁觀看的宮妃及侍從都大聲鼓掌喝采。但是，妲己卻看到有七十幾名宮女並未隨著鼓掌，而且眼角下還留著淚痕。
妲己覺得奇怪，停止了歌舞，命人查問原因。原來，這七十幾名宮女都是曾經服侍過中宮姜皇后的侍兒，因爲想到自己的主人被妲己害死，都情不自禁的流下淚來。
妲己非常不滿這群宮女的忠心，於是她就建議紂王設置一種叫做「蠆盆」的刑罰來對付宮中反抗命令的人。這種刑罰就是：在摘星樓下挖掘一個直徑二十四丈、深五丈的大坑洞，然後命令全城百姓搜集數以萬計的毒蛇放入坑中。凡是有違抗命令的人，就把他剝光衣服，丟下坑中餵蛇。
紂王聽了妲己的建議，頻頻稱讚這種新的刑罰，並派人趕快動工挖坑洞及搜集毒蛇。好不容易完成了所有

蠆盆：蠆音ㄔㄞˋ。是蠍子的一種。蠆盆是指裝滿毒蟲的盆子。

的準備，紂王便迫不及待的命人將七十幾名姜皇后宮中的宮女剝光衣服，丟入坑中。餓蛇亂竄，有的咬噬宮女皮膚，有的鑽入腹中，悽慘的哀叫聲充滿了整個坑洞，不一會兒，坑中只剩下一堆堆的白骨。這情景把在坑旁圍觀的人看得心驚膽戰。

接著，妲己又建議紂王在蠆盆左右兩邊各挖掘一個池沼。右邊的池中注滿美酒，叫做「酒池」；左邊的池中央以酒的糟粕堆積成一小山丘，山丘上插滿了掛著肉片的樹枝，叫做「肉林」。妲己說這是只有天子才能享受的娛樂。紂王立即派人依法製造。

酒池、肉林造好了，紂王與妲己每日遊玩其中，不亦樂乎。他們指派宮人與宦官表演相撲，贏的人就賞酒池中的美酒，輸的人就被打死，丟棄於肉林中。爲什麼妲己要建議紂王殘殺無辜的生命呢?因爲她是狐狸精變幻的，每天深夜，妲己都會現出原形，到肉林中吃人肉，以人血補養她的精氣。

這一天，妲己忽然想到玉石琵琶精被害的仇恨，於是決定設計陷害姜子牙。

妲己向紂王呈上一幅圖畫，紂王攤開一看，是一座巍峨高大的樓閣。妲己啓奏：「這座樓台叫做『鹿台』。以陛下貴爲天子，富有四海，若能再造這一座金碧輝煌的樓台，陛下早晚設宴於台上，連天上的仙人、仙女都會下凡來與你共樂呢！」

紂王問：「這提案是很好，但是建造鹿台工程浩大，要找誰來監造呢？」

妲己回答：「這工程必須由懂得陰陽五行的人來督

造，依臣妾的看法，非得麻煩下大夫姜尚不可。」紂王聽後，急忙派比干去召姜尚來宮中。

姜子牙看到比干來見，早已算出自己將會遭遇此一劫難。姜子牙交給比干一封信，告訴他將來遭遇危難時可拆開來看。說完後便與比干告別，往摘星樓去見紂王。

紂王看見姜子牙過來，就把鹿台的設計圖交給他，指派他監造。紂王問：「依你的看法，需要多少時間才能完工呢？」

姜子牙心想，這分明是紂王故意刁難我嘛！造這台要死傷多少人力啊！姜子牙邊想邊回答：「此台高四丈九尺，瓊樓玉宇、碧檻雕欄，需要三十五年才能完成。」

紂王告訴妲己，人生要及時行樂，若建造此台要三十五年的時間，就不要建造了。妲己啓奏：「姜尚這個道士一派胡言，建造一座樓台哪需要三十五年的時間。這是欺君之罪，應該將他治以炮烙。」

姜子牙再奏：「建造鹿台的工程浩大，勞民傷財，請陛下三思。現在災難四起，國庫空虛，陛下應該好好反省才是。」

紂王聽後大怒：「你這老頭，竟敢來教訓我！」隨即命令衛士將他拿下剁成肉醬。

姜子牙一聽紂王下令抓人，立刻拔腿就跑。姜子牙跑到了九龍橋，見衛士緊緊追趕在後，姜子牙便扶著橋杆，往水裡「噗通」一聲跳下去，借水遁的法術逃回宋家莊。

衛士以爲姜子牙已投水自殺，就收兵回去稟告紂王。紂王於是指派善於阿諛奉承的崇侯虎負起監造鹿台的工程。

借著水遁逃回宋家莊的姜子牙，把發生的事情向夫人馬氏敘述了一遍，要馬氏立刻收拾行李，準備一同前往西岐投靠聖王。

姜子牙說：「夫人，妳就與我共同前往西岐，發展我胸中的抱負。他日我若成爲一品大官，妳也可成爲一品夫人，享受榮耀。」

馬氏破口大罵：「你放著現成的官不做，要赤手空拳跑去外地奮鬥，眞是捨近求遠，胡思亂想。你我夫妻緣分已盡，我生長在朝歌，決不跟你到異鄉去。」

任憑姜子牙再三勸說，馬氏心意已定。於是姜子牙只得寫了一分休書，子牙拿在手中，仍然希望馬氏能再考慮一下，想不到馬氏毫不眷戀的伸手接過休書，提了自己的行李返回馬家莊去了。姜子牙見馬氏離去，他也起身向宋異人夫婦辭行，並感謝他們的收留之恩。兄弟兩人依依不捨的道別後，姜子牙就啓程往西岐出發。在臨潼關並以土遁之法，協助七八百朝歌苦於暴政的民衆逃往西岐。

姜子牙來到西岐，隱居於磻溪，等候與賢明君王相會的時機。他手執釣竿垂釣於渭水河畔，苦悶時就唱歌抒發心情，生活倒也過得怡然自得。

有一天，一個名叫武吉的年輕樵夫耐不住好奇，走過來問他：「老丈，我時常看你在這兒釣魚，這兒的魚多嗎？」說完，拿起釣竿一看，不禁捧腹大笑：「這魚鈎是直的，就算你釣一百年，保證你釣不到一條魚！」

姜子牙笑著說：「年輕人，我在此垂釣，目的不在釣魚，我只釣王侯。」

武吉大笑：「憑你這副嘴臉也想做王侯？我看你倒像個活猴。」

姜子也笑著說：「我看你的嘴臉也不怎麼好。你左眼青，右眼紅，今天進城一定會打死人。」

武吉聽了非常不高興，他說：「我只是和你開開玩笑，你怎麼可以說出這種惡毒的話罵人呢？」說完，就氣呼呼的挑了柴擔進城去了。

武吉來到西岐城內，挑著柴擔往南門去叫賣。這時正好遇上西伯侯姬昌率領文武官員出城，武吉連忙退到路旁迴避。想不到因爲道路狹窄，柴擔子轉不過來，一擔子將守門的士兵打死了。

姬昌聽見左右衛士的吵嚷聲，便叫衛士們把武吉帶到前面，問明了原委。姬昌說：「殺人就要償命！」於是就在南門口畫了個圓圈當成是牢房，豎立了一根木頭當作是獄吏，將武吉監禁於圓圈之中。這種畫地爲牢的刑罰只有西岐才有，因爲西岐的老百姓知道西伯侯卜卦非常靈驗，要是逃脫了，一定會被抓回來加倍處罰，所以犯法的老百姓都不敢逃跑。

武吉被關了三天三夜，想到家中等候兒子回去的母親，不禁放聲大哭，引得路人駐足圍觀。武吉的哭聲驚動了正從南門路過的散宜生。散宜生聽了武吉的報告，便答應暫時放他回去安排好母親的生活，等秋天過後再回來接受行刑。

武吉回到家中，向母親說明一切。武吉的母親一聽，了解兒子口中所說的釣魚老人絕對不是個普通人，也許只有他才能救武吉的性命，就叫兒子快去找他救命。

武吉來到溪邊，看到子牙坐在溪畔垂釣。武吉跪下，哭著將在南門發生的事說了一遍，並哀求姜子牙救命。

姜子牙說：「你拜我爲師，我才救你。」武吉聽後立刻叩首拜師。於是，姜子牙便指示武吉回家，在床前挖一個坑洞，在黃昏的時候躺入坑中，並且要武吉的母親在他的頭前及腳後各點一盞燈，再灑些米粒在武吉身上，等睡過一覺醒來，第二天以後就會平安無事了。

第二天早上，武吉來拜見子牙，叩謝師父救命之恩。姜子牙看出武吉是個將才，於是便把武吉留在身邊，傳授他武藝及兵法。

有一天，散宜生突然想起武吉的事，放他回去半年多了都沒有音訊，於是他就向西伯侯報告。西伯侯取來金錢卦一算，算出武吉已投河自殺，想想他只是誤傷人命，罪不該死，想不到卻畏罪自殺，不禁爲他嘆息。

光陰似箭，又到了春天百花齊放的季節。有一天，西伯侯在早朝群臣參謁完後，召來散宜生。西伯侯問：「我昨晚夢見飛熊向我撲來，不知有何含意？」

散宜生躬身向西伯賀喜：「這夢乃是大吉大利之兆。從前商高宗夢見飛熊而獲得賢士傳說；今天大王夢得飛熊，表示大王將獲得賢能的人。」接著又說：「不如趁這風光明媚的春天，請大王外出打獵，順便尋訪賢人。」

姬昌聽了十分高興。第二天，他便帶了文武百官到郊外去打獵。

一路行來，當姬昌一行人來到磻溪附近，只見迎面走來一個挑著柴、唱著歌的人，原來是武吉。武吉看到西伯侯駕臨，嚇得立刻跪在地上。

姬昌一看，果然是武吉。他氣得滿臉通紅的問：「你竟然能使我的卜卦演算失靈？」

武吉哭著回答：「我是奉公守法的百姓，並不敢欺騙千歲。只因我誤殺人命，前去向磻溪的一位老人求救，經過他的指點才得以活到現在。我現在拜他爲師，跟著他學藝。他姓姜名尚字子牙，道號飛熊。」

散宜生一聽，立刻上前道賀：「恭喜大王！武吉現在所說的這個人正應驗了大王夢見飛熊的吉兆。請大王赦免武吉的罪，並派武吉引導前去拜訪賢士。」

西伯侯採納了散宜生的建議，命令武吉帶路去拜訪姜子牙，但是很不湊巧，姜子牙正好外出，不知何時才會回來。

散宜生在旁啓奏：「古時候的帝王拜訪賢人，都要沐浴齋戒，選定吉日來拜訪，這才是敬賢之禮。」

姬昌說：「你說得對。」

回到西岐城中，姬昌傳旨命令百官不得回家，全都留在宮殿中齋戒三天。到了第四天，君臣沐浴整衣後，姬昌恭敬的帶著聘禮，帶領著百官再到磻溪來迎接姜子牙。

姬昌來到渭河邊，果然看見有一老翁在溪邊垂釣。

齋戒：齋音ㄓㄞ。在祭祀以前，先要換上乾淨衣服，不喝酒，不吃葷菜，不近女色，表示恭敬。

姬昌問：「賢能的人啊！你快樂嗎？」

老翁回頭一看，將釣竿丟在一邊，俯首跪下說：「子牙不知賢王來訪，請多恕罪。」原來這人正是姬昌要尋訪的姜子牙。

姬昌扶起姜子牙，將聘禮擺好，表明他聘請賢者的心意。接著，姬昌再把自己騎乘的逍遙馬讓給姜子牙騎，邀他共同前往西岐主持國政。

姜子牙被姬昌的誠意感動，接受了他的邀聘。西伯侯坐轎，姜子牙騎馬，後面跟隨著文武百官，君臣浩浩蕩蕩的返回西岐城。西岐的老百姓聽說西伯侯聘請了一位賢能的人，都歡欣鼓舞的排在路旁迎接他們的歸來。

西伯侯正式策封姜子牙爲丞相，武吉爲武德將軍。姜子牙時來運轉，從此得以一展他胸中的抱負。

第六回　妲己設計害比干

亞相比干得到邊關守軍的報告，得知西伯侯聘請姜子牙爲丞相的事情，他不禁嘆了一口氣，想著：「姜子牙胸懷大志，現在西岐得到他的輔佐，力量將會變得更強大，非多加以防範不可。」於是比干就擬了奏本，前往摘星樓報告紂王。

正當紂王與比干在商議對策時，北伯侯崇侯虎也來到了摘星樓，紂王就詢問他對這件事的看法。

崇侯虎爲人狂妄自大，從來不把他人放在眼裡。他告訴紂王：「姬昌有什麼能耐？姜尚又是什麼人？他們不過是井底之蛙，螢火之光。如果陛下出兵征討，將會使天下諸侯嘲笑您大驚小怪。」

紂王說：「你說的對極了，那就不去與他計較了。」

接著，崇侯虎開始向紂王報告他的來意。原來，自從崇侯虎奉紂王命令擔任鹿台的監造任務，為了討好紂王，他派人日夜趕工，才花費了兩年零四個月的時間就將鹿台建造完成。

紂王聽到鹿台已造好，心裡非常高興，連連稱讚崇侯虎辦事非常迅速確實，並且決定偕同皇后立刻前往鹿台賞玩。

紂王及妲己坐在七香車中，在一群侍衛及宮女的簇

簇：音ㄘㄨˋ。成堆的。

擁下，來到鹿台。兩人下車一看，果然是一座金碧輝煌的樓台。亭台樓閣、屋簷瓦片全都是用金銀珠寶、翡翠瑪瑙雕砌而成。紂王看得滿心歡喜，急忙叫人擺設酒宴，要與妲己在這華麗的樓台中對飲幾杯。

正當紂王與妲己喝到酒興正濃的時候，紂王忽然想到妲己曾經提到，要是鹿台造好，天上的神仙們就會下凡來台中飲酒共樂。

這句話原來不過是妲己的一句戲言。當時妲己爲了報復姜子牙殺害琵琶精的仇恨，故意設計鹿台來陷害姜子牙，並編了一些美麗的謊言欺騙紂王，使紂王逼迫姜子牙建造鹿台，想不到紂王竟然認眞的相信了這些謊言。

妲己騎虎難下，只得順著紂王的意思。她告訴紂王，仙人都是有修爲的人，必須在月光皎潔的滿月之夜才會降臨凡間。

紂王說：「今天已經初十了，想必十五日月圓之夜，神仙一定會來，妳就安排讓我見見他們吧！」妲己不敢強辯，只得唯唯諾諾的答應著。

自從紂王要求會見神仙，妲己日夜記掛著這件事。這天已是九月十三日，妲己在夜半三更，紂王熟睡時元神出竅，像一陣風似的來到了朝歌城南門外的軒轅墳。住在軒轅墳中的九頭雉雞精及一群小狐狸都出來迎接她。九頭雉雞精問妲己：「妳在皇宮中享福，爲什麼會突然想到回來看我們呢？」妲己就把紂王想見神仙的事情敘述了一遍。原來妲己的用意是想要叫這些狐狸冒充神仙，去鹿台接受紂王的款待。

雉雞精在十五日夜裡另有要事，不能前往。算來算去，衆狐狸中只有三十九隻會變幻人形。妲己對這三十九隻狐狸交代妥當後才離開。

隔天，紂王問妲己：「明天就是十五了，妳看神仙會來嗎？」

妲己回答：「明天將有三十九位仙人降臨，請陛下擺設三十九個席位，分別排在三層樓台上，每層擺列十三個席位。陛下如果見了這些神仙，可增添無限福壽。」接著又說：「神仙來了，陛下不可出面，如果見面，恐怕以後神仙就不肯再來了。」

於是，紂王就依照妲己的吩咐，命人趕快去安排宴席酒菜。又指派亞相比干爲陪宴官，代替紂王爲神仙們倒酒，侍奉神仙飲食。

國祚：祚音ㄗㄨㄛˋ。國家的福氣。

斟酒：斟音ㄓㄣ。倒酒。

十五日夜裡，紂王與妲己坐在鹿台上，一邊飲酒一邊等候神仙降臨。將近一更時刻，只聽得風聲颼颼，變幻成人形的狐狸們已經來到鹿台，一霎時，天上的一輪明月已被衝天的妖氣遮掩得迷濛不清。

風聲漸漸平息，月光又慢慢的出現。從天上緩緩飄下一群身穿青、黃、紅、白、黑顏色道袍的人，個個長得仙風道骨，人人都像長生不老。他們降落到鹿台上，互相稽首作揖，感謝紂王的安排，並祝福商朝國祚綿長。

三十九位仙人都已到來，陪宴官比干拿起酒壺一一爲他們斟酒。斟完了第一回合，比干的心裡覺得非常奇怪。仙人不都是六根清淨的嗎？爲什麼這些仙人騷臭撲鼻呢？正在懷疑的時候，妲己傳來旨意要比干代替紂王向大家敬酒。

比干是千杯不醉的海量，才剛向大家輪流乾了第一杯，妲己因爲興致好，要比干再輪流與大家乾第二杯。眞是可憐！這些小狐狸精們還沒吃到飯菜就連續乾了兩杯酒。這皇宮中的御酒又比一般的酒強烈，酒量不好的已經招架不住，紛紛顯出醉態，並且把自己的狐狸尾巴露了出來。

正當比干來到第二層樓台倒酒，抬頭一看，明亮的月光正好將上層樓台露出的狐狸尾巴照得清清楚楚。比干看了暗暗叫苦。他想：「堂堂一個宰相，竟然要向妖怪倒酒、叩首。」

妲己也看到了狐狸們的醉相，於是她就叫比干先退下，以免比干看見他們露出原形。

比干識破和紂王飲酒的神仙全是狐狸變的，命令燒了她們的巢穴，氣得妲己設計陷害比干。

比干鬱鬱不樂的走下鹿台，出了皇宮，正好遇上了正在巡城的武成王黃飛虎。

黃飛虎聽了亞相比干的敘述，知道紂王邀請來的仙人原來都是狐狸精變的。他立刻派出四名部將，分別守住東、南、西、北四個門。命令他們注意觀察，如果看見有道人由哪個城門出去，立刻跟蹤到他們的巢穴。

在鹿台上飲酒作樂的狐狸精們，因爲少了外人比干，喝起酒來更加肆無忌憚。酒足飯飽之後，因爲酒醉得厲害，無法騰雲駕霧，每隻狐狸都走得跌跌撞撞，在互相攙扶之下，才勉強走出南門，回到離城三十五里的軒轅墳中。這一切的情形都被守南門的衛士看得清清楚楚，衛士們趕緊跑去報告黃飛虎。

黃飛虎聽完部屬的報告，馬上派了三百名士兵，搬了許多木柴堵在軒轅墳旁的洞口，點火將木柴燒了。

火勢從清晨一直燒到下午。黃飛虎特地邀請比干一同去驗收成果。

黃飛虎叫人把火滅了，將灰燼撥開，用鐵鉤將裡面被燒死的東西全鉤出來。只見抓出來的全是一隻隻皮焦肉爛的狐狸。

比干上前建議黃飛虎，這群死狐狸中，有些狐狸的皮毛還是非常完好，不如將這些皮毛剝下來，做成一件狐皮大衣獻給紂王。妲己看見了，也許會收斂收斂自己的行爲。

黃飛虎非常高興的聽了比干的建議，並立刻找人趕工去製狐皮大衣。

帶有涼意的九月秋天很快的就結束了，轉眼之間冬天已經到來。

隆冬之際，正當紂王與妲己在鹿台上飲酒賞雪的時候，比干帶來了一件手工精巧的狐皮大衣獻給紂王。紂王非常感謝比干的忠心，但是陪伴在一旁的妲己看了，心卻有如刀割。

妲己心裡藏著無處發洩的仇恨，她想：「比干你這個老賊，我的子孫們吃了這頓酒宴又與你有什麼關係？我要是不把你的心挖出，我就不是中宮皇后。」

過了幾天，念念不忘要殺比干報仇的妲己，忽然想到了一個計謀。當紂王與妲己在鹿台上飲酒作樂時，妲己藉機向紂王提到，說她有一個容貌勝過自己數倍的結拜妹妹，叫做胡喜媚，現在在紫雲宵宮出家修行。

紂王本來就是個貪愛酒色的人，他急忙問妲己，要如何才能見到她呢？

妲己知道紂王已經中了她的圈套，於是就勸紂王不要心急。她說：「胡喜媚現在正在修行仙道，只要明日夜晚我齋戒沐浴，焚香禱告，她一定會受到感應前來會見陛下。」

當天夜裡，妲己來到軒轅墳找雉雞精。姊妹兩人相見，不禁都爲了狐狸精們的死亡感到悲傷。妲己將她的復仇計畫告訴雉雞精，交代一番之後，妲己再度返回宮中。

第二天，紂王一覺醒來，心裡便充滿了期待的心情，巴不得太陽早點下山。好不容易捱到了天黑，月亮出來了，便趕緊吩咐妲己焚香祈禱。

等到將近一更時刻，半空中響起陣陣風聲，隨著風聲，傳來一陣叮叮噹噹玉珮撞擊的輕脆聲響，原來是雉雞精踏著風雲而來。風聲停息之後，只見鹿台上站立著一個身穿大紅八卦衣的美麗道姑。

等候已久的紂王急忙站起身來接見這位道姑。妲己向紂王介紹，說這一位正是她的結拜妹妹胡喜媚。紂王仔細看著她的容顏，心想果然如妲己所說，胡喜媚的容貌確實勝過妲己。

在紂王的百般要求下，胡喜媚假裝很勉強的答應留在宮中，與妲己姊妹兩人共同服侍紂王。

有一天，妲己與胡喜媚陪在紂王身邊一起享用早餐。忽然，妲己大叫一聲，口中吐出鮮血，並摔倒在地上，這個景象把紂王嚇得面如土色。

紂王急忙上前扶她起來，問：「妳陪在我身邊好幾年了，身體一直都很健康，怎麼突然得了急症？」

胡喜媚在旁邊聽了，回答說：「姊姊這種病是老毛病。以前在冀州的時候，姊姊就常常會有心痛的毛病，醫生說，只要能夠得到玲瓏心一片，煮湯喝了，這種毛病立刻就會痊癒。」

紂王立刻傳旨派人去冀州找那位醫生。胡喜媚連忙阻止紂王。她說：「從朝歌城到冀州，來回需要一個多月的時間，恐怕姊姊的身體沒辦法支持那麼久。不如找找看朝歌城中有沒有人有玲瓏心。」

紂王好奇的問：「怎麼看得出來誰有玲瓏心呢？」

胡喜媚告訴紂王，她曾經學過推理演算，可以算出誰有玲瓏心。於是，胡喜媚便故意伸出五指來，裝模作樣的掐著指頭算來算去。算完之後，胡喜媚忽然皺著眉竅：音ㄑㄧㄠˋ。孔穴，耳朵、眼睛、口、鼻合稱七竅。

頭，沈默不語。

紂王心急的問她算得如何了？她回答紂王：「朝廷中倒有這麼一位大臣，但是只怕他捨不得捐出玲瓏心救治娘娘。」

在紂王的催促下，胡喜媚告訴紂王，這一位大臣就是亞相比干。只有亞相比干的一顆七竅玲瓏心才可以救治妲己。於是紂王趕緊派人傳喚比干進宮。

亞相比干在相府中，正在爲紂王顛倒朝政，四處兵亂不休的事情感到憂心不已。忽然接到聖旨傳喚進宮，比干心裡覺得非常納悶，紂王有什麼急事約見呢？

不一會兒的時間，聖旨連續來了六道。比干質問送來聖旨的官員，這官員便將妲己生病，胡喜媚建議紂王借用比干的心治療妲己的事情告訴了比干。

比干聽得心膽俱碎，心裡想著這一次進宮是有去無回了。他走進房中，將紂王召見的事情告訴了夫人孟氏及兒子微子德。

母子兩人聽了比干的話，不禁淚流滿面。微子德忽然想起了一件事，他流著淚告訴比干：「父親不必擔心，從前姜子牙臨走之前留下一封信，他說如果遇到危難的時候，可以拆開來看。」

比干恍然大悟，立刻走到書房拆看這一封信，並照著書信上的指示，將信簡點火燒成灰燼，將灰燼和在水中吞了下去，隨即穿著朝服進宮。

比干來到鹿台，向紂王行禮完畢後，紂王告訴他要向他借一片心治療妲己的病。

比干裝著糊塗，故意問紂王：「你要借我的什麼心呢？」

紂王說：「就是你身體內的心。」

比干怒不可遏的說：「心是生命的主宰，人沒有了心豈有活命的道理。你這昏君，如今卻聽信妖婦的話要來取我的心，我既沒有犯下任何罪狀，爲什麼要賜我挖心之罪呢？」

紂王說：「只是要借你的一片心，你就不要再多說廢話了。」說完後就命令衛士將比干押下去剖心。

比干大喝一聲，叫武士取劍過來。比干接了寶劍，跪下面向太廟方向拜了八拜，然後解開自己的衣裳，將劍往自己腹中刺進去。

說也奇怪，比干雖然剖開了自己的肚子，但是卻沒有血流出來。比干將手伸進腹中摸索，掏出一顆心往地上一扔，然後面如土色的離開了鹿台。

朝中大臣們早已聽到紂王要取比干的心的事情，這時都聚集在宮中打聽比干的消息。當他們看到比干走下鹿台，都紛紛上前詢問，但是比干並不回答，只是低著頭快步行走出宮外，朝午門前行。他來到了午門，騎上隨從牽來的一匹馬，匆忙的往北門而去。

走了大約七里路，聽到路旁有一個老婦人在叫賣無心菜。比干聽到了叫賣聲，他停下馬來問：「妳叫賣的是什麼菜？」

老婦人回答他：「民婦叫賣的是無心菜。」

比干再問：「人如果無心會怎麼樣呢？」

老婦人說：「人如果無心就會死掉呀！」

比干一聽，大叫一聲跌下馬來，一股鮮血噴了出來，將衣袍染紅了一大片，忠良的大臣就這樣死在馬下。

原來，姜子牙留下的書信上畫著一道符咒，他指示比干將符咒燒成灰和著水吞服，這道符水保護著比干的五臟六腑，所以比干雖然剖開了胸腹，鮮血並沒有流出來。當他遇到這一位販賣無心菜的婦人時，如果老婦人的回答是：「人如果無心還可以活著。」比干就可以繼續活下去。但是老婦人的回答卻使比干喪了命。

正當滿朝文武官員爲了比干的死感到悲憤的時候，傳來了遠征北海多年的聞太師凱旋歸國的消息。因爲聞太師是紂王十分敬畏的人，大家都很高興的期待聞太師能勸諫紂王廢除酷刑，專心治理國家。

久別朝歌城的聞太師，聽完大臣們向他報告紂王這幾年的作爲後，心中大怒，臉上的三隻眼睛互相交映著光輝，頓時額頭正中央的眼神迸出一道白光。

聞太師很快的來到九龍殿上，向紂王呈上他花了三天的時間擬好的奏本，裡面陳述了十條當務之急的工作，第一件就是拆掉鹿台。

這一分奏本把紂王看得頻頻蹙眉，最後除了拆除鹿台、貶妲己、殺費仲及尤渾等三項條件不准之外，紂王答應塡平蠆盆、廢止炮烙、塡平酒池肉林等其他七項條件。

聞太師還想再上諫言，這時候卻傳來東海平靈王造反的消息，聞太師只得無奈的領兵出征東海。紂王在聞太師離開朝歌城後，更加肆無忌憚的縱情歡樂，與妲己及胡喜媚終日流連於鹿台，完全不理朝政。

蹙眉：蹙音ㄘㄨˋ。皺眉頭。

崇侯虎因爲搭建鹿台，獲得了紂王的寵信，於是他便乘機勾結奸臣費仲、尤渾，把持朝政，陷害忠臣，殘害百姓。這消息傳到了西岐，姜子牙聽得怒髮衝冠。他想，這個亂臣賊子，要是不早日消滅，一定會繼續蠱惑紂王爲非作歹，老百姓的生活就不能得到安寧。

姜子牙上朝向西伯侯報告朝歌城中傳來的消息，並請求西伯侯出兵討伐北伯侯崇侯虎。

西伯侯並不十分贊成姜子牙的提議，他認爲崇侯虎的官爵與他是一樣大小的，沒有理由出兵。但是姜子牙告訴西伯侯，如果能夠除掉這個作惡多端的權臣，天子才有機會改過向善，老百姓才能脫離苦難的生活。

姜子牙終於說服了西伯侯。於是，西伯侯帶領了十萬大軍親征，姜子牙隨行，大將軍南宮适爲先行官。大軍一路浩浩蕩蕩往崇城前進。沿途的老百姓聽到西伯侯出兵討伐崇侯虎，都歡欣鼓舞的迎接他們。

姬昌的大軍來到了崇城，這時崇侯虎不在城內，他正在朝歌城陪侍紂王，只留下長子崇應彪守城。

崇應彪派出大將們出來迎戰，兩軍相會，戰鼓號角齊鳴，喊聲不絕。西岐的軍士們驍勇善戰，不一會兒的工夫，已經斬殺了數名崇侯虎的將領，崇應彪只得下令收兵進城，關閉城門，商討退敵之策。

姜子牙看見敗軍退回，建議西伯侯攻城，但是宅心仁厚的姬昌擔心攻城會傷害無辜的生命，反對姜子牙攻城。姜子牙感念姬昌的仁德，在無可奈何的情況下，只好另外想了一個辦法。他暗地裡寫了一封信，派南宮适將這封信送到曹州侯崇黑虎的手上。

驍勇善戰：驍音ㄒㄧㄠ。十分勇猛，善於打仗。

南宮适接了書信，連夜趕到曹州，將書信交給了崇黑虎。崇黑虎打開書信，裡面寫著：「爲人臣子應該引導君主走向正道。現在令兄卻假借天子命令殘害百姓，陷君王於不義。你平素就有仁義的名聲，希望你以天下國家爲重，置家族親情爲次要。」

崇黑虎將信連看了五、六回，他想姜子牙的話非常有道理，只有大義滅親才能保留崇氏家族的清白。他告訴南宮适先返回稟告姜子牙，他已經知道怎麼做了。

南宮适離去後，崇黑虎也調派了三千兵馬趕往崇城。崇應彪看見叔父帶了救兵前來，急忙迎接入城。

黑虎告訴崇應彪，姜子牙是崑崙山道士，任何法術都沒有辦法騙過他，只有請崇侯虎回來共商退敵的計策。但是另一方面，崇黑虎卻又派出士兵埋伏在城門口，等待崇侯虎進城時立刻拘捕他。

在朝歌城中的崇侯虎，接到了兒子崇應彪的書信，急急忙忙的趕回崇城，崇黑虎及崇應彪到城門口迎接。突然崇黑虎吆喝一聲，兩邊埋伏的士兵擁向崇侯虎、崇應彪父子，將他們兩人用繩索綑綁起來。

崇黑虎押著崇侯虎、崇應彪父子來到周營拜見西伯侯。姬昌問明崇黑虎的來意後，顯得有點不太高興，心裡想著：「陷害自己的同胞兄弟，這不是有仁義的人的作爲。」站立在一旁的姜子牙看出姬昌的心情，他立刻上前報告西伯侯，說：「崇伯虎作惡多端，殘害百姓，崇黑虎能夠大義滅親，爲天下人著想，這才是眞正的君子。」

姜子牙說完，就派衛士們將崇侯虎父子押到營外斬首，並且把首級帶回來交差。姬昌從來不曾看過被斬首的人頭，猛然看見崇侯虎父子的人頭，嚇得魂不附體，急忙拉過衣袍掩著面大叫：「嚇死我了！」

西伯侯斬了崇家父子之後，便與崇黑虎告別，率領軍隊返回西岐。

自從姬昌看了崇侯虎的首級後，始終覺得心神不寧，飲食無味，回到西岐後就病倒了，而且病勢日益嚴重，完全沒有好轉的跡象。

姬昌感覺到自己將不久於人世，於是他找來姜子牙及兒子姬發到內殿交代後事。

姬昌告訴姜子牙：「自從殺了崇侯虎後，每天夜晚我都會聽到他哭泣的聲音，閉上眼睛就會感覺到他站在我的床前，我想自己大概已經活不了多久了。我死之後，你千萬要牢記，即使天子惡貫滿盈，仍然不能以臣子的身分去討伐天子。」

接著，姬昌又命令姬發向姜子牙行禮，要姬發像對待自己的父親一樣的尊敬姜子牙。

西伯侯姬昌向姜子牙及姬發講完這些話後，便閉上眼睛，與世長辭了。姬昌死的時候享年九十七歲，後來被尊封爲周文王。

而殿下姬發在姜子牙及百官的擁戴下，順利繼承姬昌的爵位，繼續施行德政來教化百姓，獲得了更多諸侯的支持及歸順。

第七回　飛虎歸周見子牙

三月正是百花紛紛開放的季節。紂王一時心血來潮，傳旨在御花園中擺設筵席，邀請百官來到御花園飲酒作樂，欣賞牡丹花盛開的美景。

君臣一同狂歡，音樂的演奏聲及酒杯碰擊的聲音互相交錯，宴會從白天一直進行到深夜。妲己和胡喜媚因不勝酒力，先行告退回房休息。

將近三更時刻，一陣狂風吹來，風中透露著陣陣妖氣。原來是妲己現出原形出來吃人。

狂風掃過，塵土飛揚，當百官覺得驚訝的時候，有人喊叫：「妖精來了！」酒已喝到半醉的黃飛虎聽說有妖精，急忙站起身來，朦朧之中果然看見一個狐狸的身影。

黃飛虎手無寸鐵，隨手折下一根木枝朝妖精打下，但是卻撲了個空。妖精躲過黃飛虎的攻擊，眼看又將反撲過來，黃飛虎隨即叫衛士放出北海進貢的金眼神鷹。

這種神鷹是專門用來降伏狐狸的。只見神鷹飛起，兩眼如燈，由上往下俯衝，用牠那好似鋼鉤的爪子往狐狸面上抓，狐狸叫了一聲，負傷躲進花園中的太湖石下。

紂王派人搬開石頭，拿圓鍬往下挖，但是並沒有看到狐狸的身影，卻挖出了一堆堆的白骨。紂王看了非常驚訝，他想，宮中傳聞有妖怪的事情果然是眞的。

第二天，紂王看見妲己臉上受傷，關切的問她爲什麼受傷了，妲己回答是昨夜喝酒，經過御花園海棠樹下，不小心被樹枝刮傷臉部。紂王告訴妲己昨夜妖精出現的事情，並囑咐她以後不要再到御花園遊玩。

妲己表面上雖然裝得若無其事，但是心裡卻時時記著黃飛虎放出神鷹抓破她漂亮臉蛋的仇恨，只等待著機會報仇。

時間過得很快，不知不覺中一年又過去了，又到了新的一年的元旦，文武百官都到九間殿向紂王朝賀，王公大臣的夫人們也都前往中宮向蘇皇后拜年。妲己見到黃飛虎的夫人賈氏來到中宮，心裡想著復仇的時機到了。

等待賈氏向妲己行禮完畢，妲己上前扶起賈氏，她告訴賈氏：「妳是武成王的夫人，武成王的妹妹是西宮的黃妃，我們都算是一家人，我與妳結爲姊妹如何？」賈氏不敢抗命，只得唯唯諾諾的答應。

接著妲己又邀請賈氏一同到摘星樓欣賞風景，賈氏百般推辭不掉，只好隨著妲己前往摘星樓。這時，妲己的心中正盤算著如何引誘紂王去調戲貌美的賈氏，以達到她報復的目的。

以姊妹相稱的賈氏與妲己來到了摘星樓，妲己傳旨擺設酒席招待賈氏，正當兩人飲酒閒談的時候，宮人來報紂王駕到。

賈氏一聽紂王來到摘星樓，慌張的要求先行告退，妲己告訴她不用緊張，等拜見紂王之後再回去也不遲。

眼看紂王已經走上樓來，手足無措的賈氏只好聽從妲己的話，留下來參見紂王。

等妲己和賈氏向紂王行禮後，紂王看見面前站了一位端莊美麗的婦人，急忙問：「這一位是誰？」

妲己告訴紂王：「這一位是武成王夫人賈氏，如今也是我的結拜姊姊。」

紂王聽了立刻傳旨賜她座位，他說：「既然是皇姨，我們就一起坐著聊聊吧！」

賈氏聽到紂王略帶輕薄的語氣，跪下稟告紂王：「古人曾經說過，國君不能與臣子的妻子見面，這是禮法。請陛下賜我退下，我將感念皇恩無限。」

紂王笑著說：「既然皇姨堅持不肯坐下，不如我站起來向妳敬一杯酒，妳覺得如何？」說著就站了起來，端起一杯酒，笑容可掬的向賈氏走來。

賈氏羞愧得面紅耳赤，看見紂王逼近，她想：「我的丈夫是何等人物，我怎麼甘願忍受這種侮辱？」於是抓起身旁的酒盃向迎面走來的紂王砸了過去，並且大罵：「昏君！我的丈夫幫助你保護江山，你卻聽信妲己的媚言來欺侮臣子的妻子，你們兩個將死無葬身之地。」

紂王被賈氏的話激怒了，氣急敗壞的命令衛士將她拿下。賈氏大叫一聲：「誰敢抓我！」說著便衝到樓前欄杆，縱身往下一跳，貞烈的賈氏顧全了名節，卻也因此跌得粉身碎骨。

以往每年的元旦，賈氏前往中宮賀年後，都會到西宮會見黃妃，姑嫂兩人互相問候一番。今年，黃妃在西宮左顧右盼，一直不見賈氏前來，她心裡覺得有點反常，於是派了差官前往中宮打聽消息。

當黃妃派出的差官帶回來賈氏跳樓自殺的消息，黃妃聽得嚎啕大哭，懷著既悲憤又哀傷的心情，往摘星樓而去，要質問妲己爲何陷害兄嫂。

黃妃上了摘星樓，不由分說就指著坐在紂王身旁的妲己大聲責罵，罵完後又衝上前去將妲己抓住，拖倒在地上，舉起手來往妲己身上捶打了數十下。黃妃是將門的後代，生來就頗有力氣，這幾拳把妲己打得直喊救命。妲己雖然是妖精，但是她卻不敢當著紂王露出眞面目。

紂王聽到妲己的求救聲，急忙上前勸架。正在氣頭上的黃妃根本聽不進去，回手一拳正好打在紂王臉上，黃妃繼續捶打妲己，嚷著要打死她替賈氏報仇。

本來爲了害死賈氏而懊悔的紂王，被黃妃打了一拳，心裡非常憤怒，他一手抓住黃妃的頭髮，一手抓起她的衣服把黃妃提了起來往摘星樓下一摔，黃妃就活活的摔死在摘星樓下。

跟隨著賈氏前來宮中的侍從，等了一天仍不見賈氏回來，覺得非常奇怪，問了宮中使臣，才知道賈氏已經跳樓摔死了，而黃娘娘爲了替夫人申冤，也被紂王摔死在摘星樓下。侍從急急忙忙奔回武成王府稟告黃飛虎。

元旦節日，正在王府中與家人、部屬飲酒歡談的黃飛虎，聽完侍從傳回來的消息，一直低著頭不說話，只聽得王府中三名年幼的孩子們不停的嚎啕大哭。

黃飛虎的部將黃明、周紀、龍環、吳謙四人，有感於昏君即將亡國，紛紛上前勸告黃飛虎離開紂王，另到別處投靠明主，不料卻換來了黃飛虎的一頓訓斥。他大聲斥責黃明等四人，怎麼可以爲了兩個女人的死而犯下叛國的罪名，毀了黃家兩百多年忠貞爲國的聲譽。

黃明忽然臉色一變，笑著對黃飛虎說：「兄長，你說得非常有道理，你們黃家的事與我們又有什麼關連？」四位大將就圍在桌旁繼續飲酒說笑。

心亂如麻的黃飛虎，見到三名孩兒哭聲不絕，又聽到黃明四人的歡笑聲，不禁責問他們，爲什麼見到黃家有事反而歡喜大笑。

周紀回答說：「其實應該是你要覺得高興才是。見到家中妻子被昏君害死，卻能夠容忍這種恥辱，知道你的人會稱讚你的心胸寬大；而不知道你的人也會很羨慕你能仗著嫂嫂的美色來取悅君王，得到你眼前的富貴。」

黃飛虎恍然大悟，大叫一聲：「豈有此理！」於是吩咐家將收拾行李，打算離開朝歌城，前往西岐投靠。

周紀見到他的激將法已經生效，但是又擔心忠心的黃飛虎臨時變卦，於是再向黃飛虎報告：「我們前往西岐搬救兵雖然好，但是路途遙遠，不如我們直接到宮中找紂王決戰，替嫂嫂及娘娘報仇。」心裡慌亂而失去主見的黃飛虎，隨口答應了周紀的建議。

黃飛虎披上了戰甲，騎上五色神牛，率領了家將士兵們來到宮殿大門，大聲叫著：「昏君！快快出來講個明白。如果你不出來，我們就殺進宮中。」

紂王正為了賈氏及黃妃的死懊悔不已，聽到武成王

黃飛虎的夫人受紂王輕薄，跳下摘星樓身亡。黃飛虎看破商朝氣數，決定投奔周室。

率眾在殿外大聲叫鬧，心中的一股悶氣便想往他們身上發洩。於是，紂王率領御林軍，自己則騎上了逍遙馬，拿了一把斬將刀，來到了宮門外。

黃飛虎雖然背叛了紂王，但是看見紂王，仍然覺得有點心虛。站在一旁的周紀立刻大叫：「你這個昏君，身爲國家君王，卻來欺辱臣子的妻子。」說著就提了斧頭往紂王砍去，紂王大怒，舉起手中的長刀迎戰。黃明見了也立刻迎上前去幫助周紀攻打紂王。

黃飛虎心裡抱怨著周紀與黃明冒冒失失的就與紂王開打起來，但事情已到了這步田地，黃飛虎也只得騎著神牛，加入了他們的戰局。

縱然紂王擁有天生的神力，與黃飛虎等人大戰了三十回合，終於招架不住他們的攻勢，只得將馬頭掉轉，退回宮中。黃飛虎知道誅殺紂王的時機還未成熟，於是阻止了正要追殺進宮的黃明，並帶領了黃家的家將們，匆匆離開朝歌城，要前往西岐投靠姬發。

打了敗仗退回到宮中的紂王，正坐在大殿上發愁，百官們議論紛紛，卻也提不出任何好的建議。這時傳來了遠征東海的聞太師凱旋歸來的消息。百官們聽了這消息都非常興奮，急忙前往迎接聞太師進宮商議對策。

聞太師知道黃飛虎因爲妻子及妹妹被害死而背叛紂王，心裡很同情黃飛虎的遭遇，想要替黃飛虎向紂王求情。但是群臣中卻走出一名官員，告訴聞太師：「即使天子有任何錯失，做臣子的怎麼可以帶領軍隊來攻殺他，失去君臣的禮節呢？」聞太師一想，黃飛虎確實太過分了，於是騎上他的黑麒麟，帶領軍隊出城追捕黃飛虎。

黃飛虎帶領著家將士兵們往西岐前進，這天一行人渡過了黃河，來到了臨潼關。忽然聽見後面傳來陣陣喊殺聲，黃飛虎回頭一看，滾滾塵土中，聞太師的兵旗隱隱若現。這時家將急急來報，鎮守邊關的守將們，分別領兵從左、右兩方及前方攻打過來。

黃飛虎嘆了一口長長的氣，心想這次一定逃脫不掉被捕的命運。這時，駕著彩雲雲遊四方的清風山紫陽洞清虛道德眞君正好經過臨潼關，被武成王一股衝貫雲霄的怨氣擋住去路。他撥開腳下祥雲一看，知道黃飛虎遇上了危難。

清虛道德眞君運用法術將黃飛虎一行人移往深山。接著拿出身上的葫蘆，拔開蓋子，倒出一把神砂，往聞太師軍隊中撤了下去。

聞太師追趕黃飛虎來到了臨潼關，忽然間莫名其妙的失去他們一行人的蹤影，正在遲疑間，傳來軍政官的回報，說武成王已經領了軍隊轉回頭攻打朝歌城。聞太師只得匆匆忙忙領兵回頭追趕。原來這是清虛道德眞君使用的一種障眼法術，藉著神砂幫黃飛虎解圍。

另一方面，黃家父子兄弟被一陣風沙遮住了視線，等風沙平息，睜開雙眼一看，來自四方的追兵都失去了蹤影，於是黃飛虎便命令衆人趁此機會儘快通過臨潼關。

臨潼關守將張鳳原與黃家有極深厚的交情，見到黃飛虎帶兵前來，就勸他放下武器，前往朝歌向紂王請罪。結果兩人一言不合就打了起來。

打了數十回合後，張鳳體力不支而敗下陣來，急忙退回元帥府。張鳳招來部將蕭銀，命他率領弓箭手三千名，趁著夜色偷襲敵營，撲殺黃飛虎。

想不到蕭銀是黃飛虎以前的部屬，黃飛虎對他有賞識提拔之恩。蕭銀不忍心黃家一家人被害，來到黃營將計畫告訴黃飛虎。黃飛虎感謝他的救命之恩，並在他的指引下，帶領家將們在夜色中離開了臨潼關。

張鳳聽到守軍來報武成王已經匆忙離去，大叫著自己用錯人了，便提了武器追趕出來。當張鳳來到關門口，被躲在門旁的蕭銀一戟刺穿，死在馬下。

離開臨潼關八十里，黃飛虎一行人來到了潼關。潼關守將陳桐以前也是黃飛虎的部屬，曾經因爲犯了軍法要被斬首，幸而其他部將求情，准他戴罪立功，後來便被派來鎮守潼關。

一心想要報復的陳桐聽說武成王已經來到潼關，連忙傳令點齊了士兵，來到黃飛虎的營地，將黃營團團包圍，並對著黃營大叫黃飛虎出來受降。

聽到營外吶喊叫殺的聲音，黃飛虎騎上神牛出來迎戰。只見陳桐耀武揚威的騎在馬上，以兵戟指著黃飛虎，要他放下武器投降。

黃飛虎知道陳桐挾著過去的怨恨來報復他，無論怎麼說情，陳桐也不可能放過他，於是挺起長鎗直刺陳桐，陳桐也拿起兵戟迎戰，兩人嘶殺大戰二十幾回合。

陳桐並非黃飛虎的敵手，眼看不能取勝，就掉轉馬頭，假裝打敗而逃走。不知情的黃飛虎乘勝追擊，正好中了陳桐的計謀。

陳桐聽到身後傳來牛鈴聲響，知道黃飛虎已經騎了神牛追趕過來。陳桐從懷中取出火龍鏢，轉身朝黃飛虎身上打去，這鏢乃是異人所傳授，百發百中。黃飛虎一看飛鏢打來，大叫：「不妙！」一個躲避不及，被打下神牛，一命嗚呼！

在一旁觀戰的周紀、黃明，眼看主帥被打死了，連忙騎馬上前迎戰陳桐，恨不得將他碎屍萬段。不料周紀一個不小心，被陳桐用同樣的手段以火龍鏢取了他的性命。陳桐看見兩人已被他殺了，就得意揚揚的帶著軍隊回去了。

黃飛虎的死訊驚動了正在清風山紫陽洞修行的清虛道德眞君。正在洞中打坐運功的眞君，忽然覺得心頭一動，掐指一算，知道武成王遇到災厄，就把弟子黃天化叫來。

黃天化身長九尺，面目白皙，身形似虎，眼睛如豹。黃天化來到師父座前，拜見師父後，眞君告訴他：「你的父親是武成王黃飛虎。在你三歲時，我因爲看你相貌不凡，所以帶你上山修行，如今已經過了十三年了。現在你的父親在潼關遭遇災難，你快下山去解救他。你們父子重逢後，日後理當共同扶佐周室，開創大業。」

黃天化聽完師父的話，就向師父告別。臨行前，眞君將一只花籃及一口寶劍交給他，並吩咐他見了陳桐後應該如何應付的方法。

出了紫陽洞，黃天化捏了一小撮土，往空中一撒，藉著土遁的法術，一下子就來到潼關。

黃營中正爲了主帥黃飛虎的死亡，處處充滿了悲切的哭聲，往前不知前往何處，往後又沒有退路，衆人都顯得悲傷徬徨。

黃天化來到營前，自我通報了姓名後，就被引領到置放黃飛虎遺體的毛氈前。黃天化從花籃中取出一顆藥丸，派人取來溪水，將藥丸和著水磨勻後灌進黃飛虎口中。

過了將近一個時辰，只聽到黃飛虎大叫一聲：「痛死我了！」睜開雙眼，看見眼前坐著一個年輕的道士。黃飛虎的弟弟黃飛彪解釋：「如果沒有他，兄長就無法起死回生了。」黃飛虎一聽，起身就要拜謝他。黃天化含著眼淚，跪在地上說：「父親，我就是在三歲時被道人領走的您的孩兒黃天化呀！」

父子相認後，黃飛虎就向他一一介紹了叔叔們和三個親兄弟。黃天化一家團聚，卻看不到母親賈氏，他覺得奇怪，就問黃飛虎：「父親既然反叛了紂王，爲什麼不帶母親一起來呢？」黃飛虎聽得十分痛心，哭著將紂王殺害死賈氏及黃妃娘娘的事告訴黃天化。

黃天化聽了母親和姑姑被害的事，心中十分悲憤，哭嚷著要回朝歌殺了紂王。這時營外傳來了陳桐叫戰的聲音，黃飛虎聽到，嚇得面如土色。

黃天化看到父親慌張的模樣，停止了哭泣說：「父親儘管出去應戰，有我在此，您不用擔心。」黃飛虎只得騎上五色神牛，走到營外。

陳桐看見黃飛虎安然無恙，心中非常疑惑，但是仍然舉起長戟攻殺過來。打了數回合後，陳桐詐敗，掉轉馬頭就走，黃飛虎卻不追趕過去。

黃天化說：「父親儘管過去，我會保護您。」黃飛虎只得硬著頭皮追趕陳桐。陳桐看見黃飛虎靠近過來，連忙發鏢打來，黃天化拿起花籃對著火龍鏢，火龍鏢一下子就被吸進花籃中。

陳桐看見鏢被收走，原來黃飛虎旁邊還有一個小道童助陣，於是拿起兵戟就朝黃天化刺來。黃天化急忙拿起師父給的「莫邪寶劍」，對著寶劍一指，只見一道劍光自劍尖飛出，陳桐的首級立刻被這道劍光削落。

陳桐一死，潼關的士兵便抵擋不住黃飛虎眾人的攻勢，黃飛虎很快的就帶領了家將們出了潼關。

黃天化以藥丸救活了黃飛虎和周紀，又幫助黃飛虎殺死陳桐，這時看見父親及兄弟們已順利離開潼關，就向父親及兄弟們拜別，約定日後在西岐見面。

黃飛虎一行人離開潼關後，繼續朝著西岐方向前進，走了大約八十里，來到了穿雲關。

穿雲關守將陳梧是陳桐的哥哥，聽到弟弟被殺的消息後氣得暴跳如雷，但是他知道黃飛虎及他的部將們英勇威猛，自己沒有打勝的把握。於是他和部將們想了一個計謀，打算不費一兵一卒就可將他們黃氏一門殺掉。

當黃飛虎等人來到穿雲關，陳梧早就率領軍士在關前迎接。陳梧向黃飛虎解釋，他非常同情武成王一家所遭遇的事情，請他們進入將軍府休息。

黃飛虎聽了陳梧的話，不疑有他，便率領家將隨陳梧進入將軍府。陳梧派人擺設宴席熱烈招待他們，賓主盡歡，不知不覺中太陽已下山了。黃飛虎正要起身告辭，但是陳梧勸他們留住一晚，好好休息一番，明天再開關門護送他們出去。黃飛虎推辭不掉他的好意，只好答應了。

經過連日奔波，家將們一躺下，立刻鼾聲大作，但是黃飛虎卻爲了家庭的變故，憂傷的無法入眠。

夜半三更時刻，坐在大廳中的黃飛虎突然被一陣冷風吹得毛骨悚然。風中伸出一隻手來，將燭火熄滅了。從黑暗中傳來幾乎聽不見的聲音：「將軍不用害怕，我是你的妻子賈氏的魂魄。現在陳梧要放火燒死你們，你快叫醒大家。你可要好好照顧我們的孩子們，我走了！」

黃飛虎猛然一驚，叫醒所有的人，果然看見屋外火焰亂竄，衆人急忙殺出屋外，正好與陳梧帶來的士兵撞

鼾聲：鼾音ㄏㄢ。睡覺時口鼻發出的聲音。

毛骨悚然：非常害怕以至於毛髮都豎立起來了。

上。陳梧看見計謀已被識破，於是雙方就開打起來。勇猛的黃飛虎一下子就把陳梧刺死了。

黃飛虎攻克穿雲關，帶領衆人繼續往界牌關前進。界牌關的守將黃滾老將軍是黃飛虎的父親，大家心想著終於可以鬆一口氣，暫時停止廝殺了。

不料，黃滾看見黃飛虎帶了家人及一千兵士來到界牌關，氣得大罵他們不肖，毀了黃氏一門忠貞的名譽，說著就要傳令士兵將他們綑綁起來，準備押回朝歌請罪。

黃明等四位部將假意上前告訴黃滾，說他們四個外人早就不滿黃飛虎反叛紂王，但是懾於他的淫威，不得不屈服。正當黃明、周紀纏著黃滾的時候，龍環、吳謙偷偷派人將界牌關存放的糧草放火燒了起來。

懾：音ㄓㄜˊ。受威勢所逼迫而害怕。

黃滾聽到兵士來報糧草倉庫起火燃燒，心中暗暗叫苦：「我中了這四個小賊的計謀了。」

黃明正色道：「老將軍，紂王無道，我們要前往西岐歸順周室，您就和我們前去吧！如今您的糧倉被燒掉了，紂王也會判您督糧不周的死罪，還不如前往西岐才是上策。」

黃滾看看自己的兒孫們，心中也是十分難過，於是嘆了一口氣，往朝歌城方向大拜八拜，隨著黃飛虎離去。

衆人風塵僕僕的來到了汜水關，過了這一關就是西岐的邊界了。黃滾說：「汜水關的守將總兵韓榮，有一個副將叫做余化，人稱匕首將軍，這個人精通旁門左道的法術，大家可要小心！」

話才說完，余化便帶領了士兵們來到黃營帳外叫戰，黃飛虎出營應戰，黃飛虎說：「五關已過了四關，我哪會在乎你這小小的汜水關。」說完就挺起長鎗刺向余化。

黃飛虎的長鎗技藝精湛，使得興起，殺得余化人仰馬翻。余化手持畫戟抵住長鎗，從戰袍裡取出一面旗子，叫做「戮魂旛」。余化將戮魂旛往空中一舉，數道黑氣便罩向黃飛虎，將他摜下神牛，余化的士兵們一擁而上，將武成王綑綁後，押回總兵府。

靠著戮魂旛的威力，余化在接下來的幾天之內，就將黃滾及黃飛虎的兄弟、兒子、部將們全都擒住。韓榮將他們拘禁在囚車中，並派余化押解他們回朝歌領功。

在乾元山金光洞中修煉的太乙眞人，算出了黃飛虎

戮：音ㄌㄨˋ。殺。

摜：音ㄍㄨㄢˋ。扔下。

旛：音ㄈㄢ。旗的一種，旗幅狹長而下垂。

會遇上汜水關這一個劫難，於是便派出哪吒下山去幫他解危，並護送出汜水關。好動的哪吒聽了心中非常高興，腳踏風火二輪，提著火尖鎗便往穿雲關而來。

哪吒在穿雲關等候了一陣子，看見遠處一隊兵馬往這兒走來。哪吒想：「我得找個理由，才好打得起架來。」

余化騎了火眼金睛獸，看見腳踏風火輪的哪吒擋在路前，他問：「你是什麼人？爲什麼擋在路中間？」

哪吒回答：「我是在這裡收過路費的，你只要送我十塊金磚，我就放你們過去。」

余化聽得大怒，舉起畫戟就要來取哪吒性命，哪吒手持火尖鎗還擊，蓮花化身的哪吒越戰越勇，把余化打得筋疲力竭。余化拿起戮魂旛一搖，哪吒笑著用手一招，便將戮魂旛收了去。接著，哪吒從帶來的錦囊中取出一塊金磚，大喝一聲，金磚飛出，把余化打得頭破血流，余化狼狽的騎著火眼金睛獸逃回汜水關。

哪吒將囚車中的黃氏家人及部將全部釋放出來，要他們隨後趕來汜水關會合，說完後就踩著風火輪往汜水關疾馳而去。

正在府中與將士們飲酒慶功的韓榮，看見倉皇奔逃回來的余化，急忙問明事情的原委。這時，哪吒已來到了總兵府外，指名要匕首將軍出來應戰。

韓榮來到門外，斥責他無理取鬧，搶劫朝廷犯官，說完就要上前捉拿哪吒，左右士兵們見狀，也一起圍上來攻打哪吒。

哪吒的火尖鎗使開來，眾人怎麼可能是他的對手，士兵們紛紛落敗而逃，只有韓榮捨命力敵哪吒。哪吒取出金磚朝韓榮打去，把韓榮戰甲上的護心鏡打得粉碎，落荒敗走。余化不得已再提著畫戟迎戰哪吒，哪吒從皮囊中取出乾坤圈打去，正中余化手臂，把手臂打得筋斷骨碎。戰敗的余化急忙騎著火眼金睛獸往東北逃去。

隨後趕來汜水關會合的黃飛虎和他的部將們，合力將關內殘留的軍士們剷除後，帶了必需的財物，就啓程離開汜水關，往西岐繼續出發。哪吒護送一行人來到西岐國界的金雞嶺上，與大家相稱後會有期後，就返回乾元山。

歷經沿途不斷發生的災難，大家終於來到了西岐。黃飛虎先到丞相府拜見姜子牙，向他說明了反叛紂王，歸順周王的決心，並請求姜丞相收容他們。

姜子牙見到紂王手下的大將前來歸順，心想這是西岐興旺的徵兆，高興的立刻帶他進宮覲見武王姬發。

武王曾聽父親姬昌提到黃飛虎對他有恩的事，現在又聽見姜子牙對他的讚美，立刻下詔封黃飛虎爲「開國武成王」，並派人將留在西岐城外等候黃飛虎消息的黃氏家人和家將們全都請入城中，所有的人都恢復以前的官職，大家同心治理西岐。

第八回　魔家四將會子牙

話說在臨潼關前，被道德眞君使了一把神砂騙回朝歌城的聞太師，心裡料想黃飛虎斷斷不能逃得過邊關守軍層層的阻攔。不料，邊關卻陸續傳來了緊急的軍情，報告黃飛虎已經攻破五個關口的守衛，歸順西岐的消息。

聞太師看過報告，既震驚又生氣，立刻召集文武官員前來商議，表明他要親自領兵去討伐叛臣黃飛虎。

聽完聞太師的說明，總兵魯雄由行列中站出，他說：「黃飛虎雖然歸順西岐，只要太師派遣大將嚴守關防，我們中間有五個關口，尤其左方有青龍關，右邊有佳夢關，即使姬發和黃飛虎等人有天大的本事，也無法突破層層關口的阻攔。而且西岐目前算是個安定的地區，還不需要勞動太師親自出征，不如派人先去探查一下西岐的動靜，然後再商議對策。」

聞太師接受了魯雄的建議，於是派出佑聖上將晁田、晁雷兩兄弟，帶了三萬兵馬前往西岐探查虛實。

晁田兩兄弟來到西岐，將軍隊駐紮在西岐城外，並決定由晁雷前去交涉。晁雷提刀上馬來到西岐城下，姜子牙接到消息，但是並不清楚商王軍隊的來意，於是派出大將南宮适出城去應付。

晁雷見了南宮适便說：「姬發自立爲王，並且收留叛臣黃飛虎，這是什麼用意？快把叛臣交出來！」

南宮适回答說：「天下三分，已經有兩分民心歸於西岐。商紂派遣兵馬無故侵犯西岐，恐怕是自取其辱。」

兩人一言不合，說著說著就打了起來，交戰三十回合，晁雷哪兒是南宮适的對手，南宮适很輕易的就把晁雷制伏了，並押回丞相府等候姜子牙裁示。

晁雷見到姜子牙，挺直著身體而不下跪，並說：「你只不過是個編竹簍子的老頭子，我是天朝的大臣，爲什麼要向你下跪呢？」姜子牙大怒，命令衛士將他拖出去斬首。

這時，武成王黃飛虎站出來爲晁雷求情，他告訴姜子牙：「這個人心中只有商紂，寧死不屈，可見是一個忠心的人，如果能夠說服他投降，將來可以幫助我們對抗紂王。」於是姜子牙就暫時赦免了晁雷的死罪。

黃飛虎告訴晁雷：「天下局勢，紂王已經失掉了大半的民心。紂王的罪惡衆人皆知，但是武王卻以仁德感召人民，使老百姓都高興的來歸順他。你不要再執迷不悟了，快來歸順西岐吧！」

晁雷聽了黃飛虎的一番話後恍然大悟，立刻跪下叩謝姜子牙的不殺之恩，並表明要說服駐軍在西岐城外的晁田，一同來歸順武王。

晁雷回到駐紮在西岐城外的軍營，向晁田說明了發生的一切，並勸他一同去歸順周室。晁田聽後大罵：「我也知道天下民心向著周室，但是父母親還留在朝歌，你可忍心父母因爲我們的反叛而遭到殺害嗎？」

晁田接著又說：「我們只有抓住黃飛虎，才能回去向聞太師交差。」說完後，就把要如何捉拿黃飛虎的計畫告訴晁雷，並吩咐他立刻去執行。

晁雷回到西岐城中，告訴姜子牙，如果晁田平白無故投降，恐怕遭受議論，希望能請姜子牙指派一員大將前去迎接他進城。黃飛虎告訴姜子牙，他願意負責這個任務。

黃飛虎隨著晁雷來到城外營門，躬身迎接晁田進城。不料晁田大喝一聲，由左右竄出許多手持兵器的士兵，團團圍住黃飛虎，並把他細綁起來。晁田立刻傳令拔營，押了黃飛虎想要趕回朝歌城。

其實，姜子牙早就看穿了晁田的計謀，當黃飛虎隨他們出城時，姜子牙也派出大將南宮适、辛甲、辛免領

躬身：彎身。

了精兵守在各個出入關口等候。

晁田兩兄弟很快的就遇上了在路口等候的西岐軍隊，兩軍交戰，訓練有素的西岐軍隊沒有花多久時間就擊退了商紂的士兵，解救了黃飛虎，並且把晁田兩兄弟押回西岐城。

姜子牙見了晁田、晁雷，大罵他們忘恩負義，並命令士兵將他們推出去斬首。晁雷大叫冤枉，接著將父母親還留在朝歌城，他們不得已才出此下策的事情告訴了姜子牙。

聽了晁雷的一番說詞，姜子牙感念他們的孝心，於是想了一個計謀，派晁雷返回朝歌帶領家眷前來西岐會合。

晁雷接受指示，連夜奔回朝歌城求見聞太師，報告商紂軍隊與西岐軍苦戰數日，但是汜水關守將韓榮卻不支援糧草。聞太師考慮了一下，立刻調撥兵馬及糧食給晁雷。晁雷得令，暗中將家眷混在其中，連夜趕回西岐。

聞太師越想越奇怪，韓榮爲什麼不支援糧草給晁雷呢？他卜了個卦，才知道中了姜子牙的計謀，但是這時候晁雷已經帶著家屬安全抵達西岐。氣極敗壞的聞太師，立刻指派青龍關守將張桂芳領兵十萬，前去討伐西岐。

張桂芳領了大隊人馬來到西岐城外紮營。姜子牙得到報告後，急忙召集百官商議對策。黃飛虎說：「這個張桂芳懂得一種幻術。依照常理，與人交兵會戰，一定會先通報姓名。當兩軍交戰中，只要他叫一聲你的名憂心忡忡：憂慮的樣子。

字，你便會自然摔下馬來，這個人非常難以對付。」姜子牙聽了憂心忡忡，吩咐官員與張桂芳對戰時，千萬不可通報姓名。

群臣們聽了姜子牙的話，都很不以爲然，他們想這世界上哪有這麼奇怪的法術。正當群臣議論時，張桂芳帶了大隊人馬來到西岐城下，請姜子牙出城應戰。

打開西岐城門，姜子牙看見一位戴著銀盔，身披白色戰袍，騎著白馬的大將朝他迎面走來，這就是奉聞太師命令帶兵出征的張桂芳。

張桂芳責問姜子牙爲何協助西岐反叛紂王，而且收留叛臣黃飛虎。罵完後就指派帶隊先行官風林上前捉拿姜子牙。風林接到命令，騎馬朝姜子牙衝殺過來，西岐陣營中則派出大將南宮适出面迎敵。

這時，張桂芳看見黃飛虎也在姜子牙陣營中，按捺不住怒氣，騎著馬便追殺過來，黃飛虎則騎著五色神牛出營應戰。張桂芳仗著他有旁門左道之術，兩軍交戰不到十五回合便大叫：「黃飛虎還不快摔下來！」隨著這聲音，黃飛虎不由自主的跌了下來。

眼看敵方士兵正要上前擒住黃飛虎，周紀持著斧頭砍殺過來，西岐士兵也趁機將黃飛虎搶救回來。周紀拿著斧頭迎戰張桂芳的長鎗，只聽到張桂芳大叫：「周紀快點滾下馬來！」周紀隨著聲音跌下馬，很快的被張桂芳的士兵活捉回去。另外一邊，當南宮适與風林打得難分難解的時候，風林嘴巴一張，從口中吐出一陣黑煙罩住南宮适，煙中出現一個像碗大小的紅珠，把南宮适打下馬來，也活捉回營去了。

西岐的軍隊與張桂芳對陣，一下子就損失了兩員大將，使得姜子牙十分惱怒，命人在城門口掛出免戰牌，按兵不動，打算仔細思考破解張桂芳法術的方法。

正當姜子牙爲了張桂芳的事煩惱時，士兵帶了一名小道童過來拜見姜子牙。這小道童見了姜子牙就跪下說：「師叔，我是太乙眞人的徒弟李哪吒，奉了師父的命令來這兒幫忙師叔。」

哪吒聽完姜子牙述說張桂芳的厲害法術後，請求姜子牙打開城門，讓他前去應戰張桂芳。姜子牙答應了他的要求，派人取下免戰牌。

張桂芳看見西岐取下了免戰牌，就派出風林去叫戰。哪吒腳踏風火輪出了城門，與風林互報姓名之後，兩人就手持兵器打了起來。風林重施故技，口中吐出一縷黑煙，罩住哪吒周圍。哪吒笑著用手一指，黑煙立刻消失無蹤。哪吒接著由豹皮囊中取出乾坤圈朝風林打過去，一下子就打斷了風林的左肩筋骨。

負傷逃回營中的風林，向張桂芳報告了哪吒的厲害，剛好哪吒也追趕到營前叫戰。張桂芳出了營門，哪吒提了火尖鎗刺了過來。兩人交戰四十幾回合，張桂芳大聲喝叫：「哪吒快滾下輪來！」哪吒大吃一驚，但是發覺自己還是好好的站在風火輪上。

原來張桂芳的叫魂術會把人的魂魄叫散，使人因魂魄不能聚集而跌倒，但是哪吒是蓮花化身，哪來的三魂七魄呢？張桂芳連叫三聲，哪吒都沒有任何反應，反而大罵：「你這老傢伙，我不下來，你爲什麼一直叫我下來呢？」口中說著，手裡的火尖鎗仍然不停的刺向張桂芳。

哪吒的火尖鎗威力無窮，把張桂芳殺得無法招架。最後哪吒拿起乾坤圈打向張桂芳，打得他的左臂筋斷骨折，倉皇逃回營中。

雖然哪吒打贏了張桂芳，但是姜子牙擔心朝歌方面會派來更多的軍隊攻打西岐，於是決定前往崑崙山請教師父。他吩咐武吉和哪吒守城，自己土遁前往崑崙山去了。

姜子牙來到崑崙山，雖然對舊時景物感懷不已，但是他卻不敢眷戀。子牙快步來到玉虛宮，進了宮中，跪在台階前向元始天尊行禮。

元始天尊說：「你來得正好，我要交給你一卷封神榜，你回到西岐後，在岐山上蓋一座封神台，將封神榜張貼在台上，幫我完成封神的任務。」

元始天尊又說：「西岐是由有道德的仁君治理，遇到有危難的時候，自然會有高人出面幫忙，你快回去吧！」子牙一聽，不敢再多問，就起身向師父告辭。元始天尊叫住了他，說：「你出了宮，聽到有人叫你，千萬不可回頭答應，否則會惹來大禍。回程中，有人在東海等候你。你自己好好保重吧！」

姜子牙辭別師父，藉著土遁奔回西岐，忽然聽到身後有人叫他，連叫了數聲，姜子牙都不答應，繼續趕路。後面的人又大叫：「姜子牙，你太薄情了，做了西岐的宰相就忘了一起學藝四十年的老朋友。」姜子牙只得停下腳步，回頭一看，原來是師弟申公豹。

申公豹勸姜子牙一同去歸順紂王，保紂滅周，姜子牙當然拒絕他的遊說。申公豹見無法說服姜子牙，就說：「那我們就來打賭，如果我能把自己的頭割下來，並環遊千里，你就把封神榜燒了，跟我一起去投靠紂王。」

姜子牙想，人沒有了頭，怎麼能活呢？就答應與申公豹打賭。申公豹提起長劍往自己脖子上一割，人頭就飛了出去，這情景把姜子牙看得目瞪口呆。

忽然間，天空飛來一隻白鶴，張嘴將申公豹的頭銜走了。接著，南極仙翁出現了，他責備姜子牙是個呆子，差點中了申公豹的幻術，把重要的封神榜燒掉。那隻白鶴就是南極仙翁派來解除這個危機的。

姜子牙聽了恍然大悟，但是仁慈的他仍然懇求南極仙翁放過申公豹。南極仙翁無奈的伸手一招，白鶴便將申公豹的頭叼了過來。申公豹將自己的頭接過後，騎上白額虎憤憤的離開，而姜子牙謝過南極仙翁後，又繼續趕路。

當姜子牙來到了東海邊，果然如元始天尊所說，有一個人在等他。他向姜子牙自我介紹，說他是軒轅黃帝時代的總兵官柏鑑，在與蚩尤大戰時，被火器打入東海中，歷經千年，遊魂無法超脫劫難。前幾天，接到清虛道德眞君的指示，命令他在此地等候姜子牙，遊魂才能得到超脫。

姜子牙聽完他的敘述，就帶他前往西岐山。當他們來到山前，霎時間狂風大作，子牙一看，原來是他在朝歌城宋異人家中收服的五路神出來迎接。姜子牙非常高興，就指派五路神負責建造封神台，柏鑑留下來擔任監造官，擇日建台。

姜子牙回到西岐的第二天，再次整頓兵馬攻打張桂芳陣營。負傷出戰的張桂芳見到了哪吒，嚇得騎馬逃走了。西岐軍隊攻勢猛銳，把紂兵殺得血流成河，並且救回了南宮适和周紀兩名將軍。

打了敗仗的張桂芳，急忙發出緊急書信向聞太師求救。聞太師接到消息後吃了一驚，但是苦於其他各地的亂事尚未平定，無法親自帶兵出征。忽然間他想到了住在西海九龍島上修行的四位道友，於是聞太師騎上黑麒麟，親自前往九龍島請他們出面幫忙。

住在九龍島上的四位道人分別是：面白如慘月的王魔、面黑如鍋底的楊森、面藍如油彩的高友乾以及面紅如棗的李興霸。他們與聞太師是好朋友，聽到聞太師的請求，毫不考慮就答應了。

四位道人來到西岐城外，與打了敗仗的張桂芳會合，再度來到西岐城下叫陣。姜子牙見到敗軍去而復返，就帶領軍隊打開城門應戰。

姜子牙問張桂芳：「敗軍之將，有什麼面目再回來呢？」話還未說完，從張桂芳背後走出四頭生得奇形怪狀的異獸，上面分別坐著四位相貌醜陋無比的道人。他們就是來自九龍島的四位道人。

四位道人騎著異獸逼近到姜子牙陣營前。這些異獸身上發出陣陣令人不愉快的惡臭，姜子牙所騎的青鬃馬，以及將士們所騎的戰馬，都禁不起這種惡臭而站立不起。姜子牙和兩旁的戰將紛紛跌下馬來，只有哪吒的風火輪和黃飛虎騎的五色神牛安然無恙。

姜子牙非常驚訝這種異獸的厲害，立刻收兵退回城中，吩咐武吉及哪吒守城，他要再度上崑崙山向師父求救。

姜子牙來到了崑崙山玉虛宮，拜見元始天尊後，元始天尊叫白鶴童子到桃花園中牽來一頭長相怪異的野獸，頭如麒麟，尾巴像蛇，身體像龍。他對姜子牙說：「你將代理我完成封神的任務，我現在就把我的坐騎四不像送給你，讓牠帶你去對付那些異獸吧！這裡還有一條打神鞭，也一起送給你當作護身的武器。」

姜子牙叩謝師父後，騎上四不像就要返回西岐。途中經過北海邊，遇見一個長得像龍又像豹的怪物，名叫龍鬚虎。龍鬚虎懂得一種法術，他的雙手一張開，會有無數像磨盤大小的石頭從手中發出，打得敵人潰不成

聞太師派出魔家四將，對付姜子牙，還好黃天化出現解決了危機。

軍。姜子牙知道了非常高興，就收他爲徒弟，帶他一同返回西岐。

駐紮在西岐城外的張桂芳陣營，等待好幾天仍然沒有西岐城內的動靜，張桂芳等得不耐煩了，就帶著四位道人及一千軍隊在城下吶喊，要姜子牙出城答話。

這時，姜子牙剛好騎著四不像，帶著龍鬚虎趕回城中，聽到張桂芳的叫陣，就帶著龍鬚虎、哪吒及黃飛虎出城應戰。

王魔看見姜子牙騎著四不像出城，大聲怒喝：「你躲著不出城，原來是回崑崙山借四不像。」說完就提劍刺向姜子牙，哪吒急忙提火尖鎗架住王魔的劍。很快的，王魔等四位道人與姜子牙等四人便互相廝殺了起來。

兩軍軍旗搖撼，鼓聲震天。八個身懷絕藝的人，殺得難分難解。一個不留神，黃飛虎、哪吒、龍鬚虎陸續被寶珠打傷，退下陣來，被西岐士兵救了回去。

姜子牙見到西岐三名戰將已經受傷，急忙駕著四不像逃向北海。王魔騎著異獸隨後追趕過去。

姜子牙命中註定在西岐會有七死三災的劫數。追趕在後的王魔，眼看快追趕不上姜子牙了，便急忙取出開天珠，往姜子牙後心打去，把姜子牙打下了坐騎。

王魔看見姜子牙跌落在山坡上斷了氣，就要上前去割取姜子牙的首級。這時候，由遠而近傳來一陣陣歌聲，王魔一看，原來是五龍山雲霄洞文殊廣法天尊來了。

文殊廣法天尊勸王魔不要傷害姜子牙，王魔不聽，

樁：音ㄓㄨㄤ，一頭打進地下的木頭或石條。

舉劍就刺向天尊。天尊不慌不忙的從懷中取出「遁龍樁」，往上一舉，王魔逃脫不及，被遁龍樁上的三個金圈緊緊的箍住脖子、腰部及雙腳。

隨同文殊廣法天尊前來的門徒金吒，看見師父抓住了王魔，於是揮出一劍斬了王魔，王魔的一道魂魄便飄往封神台，被柏鑑接引進去。

接著，文殊廣法天尊又拿出一顆丹藥，要金吒餵姜子牙吞下去，沒多久姜子牙就醒了過來。天尊指示金吒陪同姜子牙下山抗紂，金吒接受指示，向師父辭行後，就扶著姜子牙騎上四不像，一同返回西岐城。

九龍島的道人們知道王魔被殺的事後，再度來到西岐城下叫戰，姜子牙帶著金吒、哪吒兩兄弟出城與三位道人會戰。

這回姜子牙拿出打神鞭丟向空中，天空立即響起雷聲電光，射向高友乾頭上，把他打得腦漿迸出而死。另一方面，金吒也拿出師父所給的遁龍樁縛住楊森，長劍一揮，楊森就被砍成兩段。兩道靈魂都飛向封神台去報到了。

四位道人中被西岐戰將殺了三個，剩下一個李興霸，他衝出重圍，慌忙的逃向山中。不料半路上遇到了木吒，他奉了師父普賢眞人的命令，正要前往西岐幫助姜子牙。木吒背上有一對雌雄寶劍，他左肩一動，雄劍飛出，在空中轉了一圈後飛向李興霸，李興霸立刻被飛劍斬死了。

木吒殺死李興霸後，趕到西岐城向姜子牙報到。姜子牙決定乘勝追擊，派遣軍隊攻打張桂芳。西岐大軍將張桂芳團團圍住，並勸他投降。張桂芳眼見大勢已無法挽回，爲保全忠臣名節，於是舉起長鎗刺進腹中，自盡而死。

遠在朝歌的聞太師，聽到九龍山道友被殺，張桂芳兵敗的消息，心裡痛苦萬分，於是召集所有將領，詢問有誰願意帶兵去攻打西岐。話還未說完，老將軍魯雄從群臣行列中站出，表示他願意去。

聞太師了解老將軍帶兵經驗豐富，但是體念他年紀已大，便指派費仲、尤渾兩人做他的參謀，隨軍前往西岐。費仲、尤渾兩人嚇得魂飛魄散，但是在以國家爲重的前提下，兩人推諉不掉，只得硬著頭皮接受這個任務。

魯雄帶領五萬人馬前往西岐，這時正是夏末秋初的季節，炎熱的天氣，使得身披戰甲行軍的軍士們更加辛苦。當大軍來到西岐山下，軍士和戰馬好不容易才得到喘息的機會。魯雄指示大軍在此紮營，靜觀西岐動靜。

姜子牙得到紂王軍隊在西岐山駐紮的報告，就派出南宮适和武吉領了五千兵馬，駐紮在敵營對面。空中火傘高張，西岐的士兵們都顯得有點支持不住。

第二天，姜子牙又指示西岐軍隊移駐到山上。山上既無樹木遮蔭，又無水可煮飯，南宮适和武吉聽到命令後都非常驚訝，但是軍令不可違抗，只得帶著滿腹抱怨的士兵們將營寨移到山上。

在山腳下林蔭處紮營的魯雄軍隊，看了西岐兵士的舉動，不禁大笑：「這種大熱天，竟然在山上紮營，不需要打仗，不用兩天他們就會被活活晒死了。」

到了第三天，姜子牙帶了三千兵馬來西岐山與南宮适等人會合。

接著，姜子牙派武吉在營地後面搭了一座三尺高的土台，又傳令發給每位士兵一頂斗笠，一件棉襖。所有的士兵都開玩笑的說：「穿上這件棉襖，我們死得更快了。」

到了當天夜晚，武吉回報土台已經造好。於是姜子牙站上平台，披頭散髮，手執長劍往崑崙山跪拜，嘴裡並念著咒語，一時之間狂風大作。大風連續颳了三天，將原來的熱氣都吹散了。接著，天空竟然飄下雪花，雪越下越大，一下子的工夫，地面上已積滿了厚厚的一層雪。

魯雄對著費、尤兩人說：「七月下雪，眞是罕見。」老邁的魯雄怎麼禁得起這種寒冷的天氣，紂王的軍隊也都被凍得直發抖。只有西岐的軍士們，穿起棉襖，帶起斗笠，對於丞相的先知灼見，都十分嘆服！

雪下了一陣子後，山頂及山腳下都堆積了數尺的雪。於是，姜子牙再站上平台，口中念念有辭，頓時天空雲清，現出一輪火紅的太陽；在艷陽的照射下，雪都化成了水，滔滔的流向山下。

姜子牙作完法後走出營帳，看見紂營軍旗盡倒，於是派遣南宮　和武吉下山捉拿紂營主帥。兩位將軍來到山下的紂營中，只見大部分的軍士都被凍死在冰水之中。他們很快的便發現了魯雄、費仲、尤渾三人。

魯雄等三人被押到姜子牙營帳前，姜子牙下令將三人斬首，三人同時命喪西岐，三道魂魄飛向封神台報

灼見：顯明確切的見解。

到。

聞太師知道魯雄西征失敗後，只恨自己無法親征。經過一番考慮後，決定派出佳夢關魔家四將去討伐西岐。

魔家四兄弟，每個人都有一身奇妙的本領。老大魔禮青，有一把「青雲劍」，上面畫有地、水、火、風四道符咒，可以招風引火，碰上了風火就會立刻化成灰；老二魔禮紅，使用一把「混元珍珠傘」，傘一撐開，日月無光、乾坤轉動；老三魔禮海，背著一面琵琶，上有地、水、火、風四弦，其法力就像青雲劍一樣；老四魔禮壽，皮囊裡養著一隻花狐貂，形如小白鼠，要是放到空中，牠就會長出兩隻翅膀，變得好像大象一般大，可以吃盡所有的東西。

魔家四將帶了十萬兵馬駐紮在西岐城的北門外，第二天就帶了一千士兵到城外喊陣。姜子牙知道這四個人的來歷，心中十分擔心，猶豫著是不是要開城門應戰。站立在一旁的金吒三兄弟說：「難道因爲他們很厲害，我們就怯戰了嗎？」姜子牙一聽，決定率兵出城會戰。

兩軍對陣，魔家四將大戰西岐將領，雙方各自使出看家本領，殺得天昏地暗，日月無光。魔禮紅跳出陣外，張開混元珍珠傘，將哪吒的乾坤圈、金吒的遁龍樁及姜子牙的打神鞭一一收走。

緊接著，魔禮青舉起青雲劍，往空中揮了三次，捲起陣陣黑風；魔禮紅旋轉著混元珍珠傘，將宇宙遮蓋得一片黑暗；魔禮海撥動琵琶，挑起狂風烈焰；風中夾帶著亂竄的火焰襲向姜子牙的軍隊，令士兵們完全失去抵抗的能力。魔禮壽也跟著放出了花狐貂，幻化成一隻白象，飛在空中張牙舞爪，吃食士兵。

姜子牙的軍隊被徹底的擊潰了，姜子牙率領著殘兵敗將沒命的逃回城中，掛出免戰牌，採取消極的守城策略來對抗魔家四將的軍隊。

魔家兄弟率兵攻打西岐城，連續攻打了三天還是無法攻破，只好採取圍城的方法，打算等到西岐城內糧食都用盡後，西岐城就可以不攻自破。

然而因爲西岐城內有一個米斗寶物，從這米斗中可以源源不斷的取出米來，所以西岐城中完全沒有糧食匱乏的問題。魔家四將圍城將近一年了，還是無法攻克西岐。

雖然西岐並沒有缺糧的顧慮，但是無法驅走圍住城外的紂王軍隊，也使得姜子牙傷透腦筋。正當姜子牙爲此事煩惱不已時，來了一位道人，自稱是玉泉山金霞洞玉鼎眞人的徒弟，名叫楊戩，請求姜子牙讓他出城會見魔家四將。

魔家兄弟看見楊戩出城，魔禮壽急忙放出花狐貂，將楊戩吃進牠的腹中。但是誰也料不到楊戩練過九轉元功，懂得七十二變化。被吃進花狐貂肚中的楊戩，捏碎了花狐貂的心臟，花狐貂一聲慘叫，跌落地上死掉了。楊戩趁機變成花狐貂的模樣，躲在紂軍營中等待機會偷取魔家兄弟的寶物。

夜晚來臨時，變幻成花狐貂的楊戩趁著魔家兄弟睡著的時候，要進行盜寶的行動，不料一不小心發出聲響，驚醒了魔家兄弟，匆忙之間，楊戩只偷到了混元珍

戩：音ㄐㄧㄢˇ。盡，完全。

珠傘。楊戩利用夜色將珍珠傘送到姜子牙手上，然後再溜進魔家將營中，還是化成花狐貂的模樣，等待機會與西岐軍裡應外合，攻打魔家軍。

正當姜子牙在考慮如何突破魔家軍包圍的時候，西岐城又來了一位道童，原來他就是黃飛虎的長子黃天化，奉了師父清虛道德眞君的指示，前來幫助姜子牙。

黃天化徵得姜子牙的同意，開了城門，騎了玉麒麟來到紂營前面叫戰。

魔家四將走出營帳，看見黃天化精神奕奕的站在前方，魔禮青一言不發，挺起手中長鎗就劈刺過去，黃天化急忙舉起手中雙鎚招架。兩人戰了數回合後，黃天化閃了身，從懷中取出師父所傳授的寶物「攢心釘」，回手一發，攢心釘飛出，穿過魔禮青的胸膛，魔禮青應聲

攢：音ㄘㄨㄢˊ。湊在一塊兒。

倒地。

魔禮紅、魔禮海看見兄長被打死了，心中大怒，急忙衝上前去攻擊黃天化，沒幾回合，也被黃天化同樣以攢心釘打死了。魔禮壽見狀，伸手取出花狐貂，想要傷害黃天化，沒想到卻被楊戩變化成的花狐貂咬斷手臂。黃天化趁機打出一釘，打死了魔禮壽。

在黃天化的幫忙下，被魔家四將圍困了將近一年的西岐城，終於又再度解決了一次危機。

第九回　太師兵敗絕龍嶺

鎮守汜水關的守將韓榮，將魔家四將喪命於西岐的消息傳到了太師府。聞太師看了報告，從額頭上的第三隻眼睛，激射出一道白光。他憤怒的拍著桌子說：「也好，現在東伯侯和南伯侯的亂事已經平定了，就由我帶兵親自去討伐西岐吧！」

隔日，聞太師到宮中向紂王辭行後，點齊了三十萬大軍，就騎上他的座騎黑麒麟準備出發，想不到黑麒麟突然大叫了一聲，往上跳起，把聞太師摔落在地上。百官都大吃一驚，上前勸告說這是一個不吉利的徵兆，請聞太師暫時停止出兵征伐。

太師義正辭嚴的婉拒了他們的好意。他說：「將軍出征，哪有不傷亡的呢？而且，也許是這頭黑麒麟太久沒有上戰場，缺少演練的機會，才會發生這種疏失。」說完，就領了三十萬大軍出發。並在黃花山收了鄧忠、辛環、張節、陶榮四將。

當軍容雄壯的軍隊來到了前往西岐的半路上，聞太師猛然抬頭，看見面前有一塊石碑，上面書寫著「絕龍嶺」三字，聞太師臉上忽然露出驚恐的表情。

部將問太師為什麼停下來，聞太師說：「當年我拜在碧遊宮金靈聖母門下學藝時，聖母告訴我在這一生中千萬不可遇上『絕』字，現在行軍來到這裡，剛好看見了這個字，所以使我有點遲疑不定。」

部將笑著說：「大丈夫怎麼能夠以一個字來論定成敗呢？而且太師福大命大，出征西岐必定無往不利。」

太師只是笑著不發一語，領軍繼續前進。

紂王大軍浩浩蕩蕩的來到了西岐，聞太師將軍隊駐紮在西岐城南門外後，就派人去請姜子牙出城對話。只見城門一開，一聲炮響，殺氣騰騰的西岐戰將陸續衝出來，分成兩列擺開，姜子牙騎著四不像從行列中走了出來。

聞太師看見了姜子牙，立刻指責他的不是。再看見叛將黃飛虎站在西岐軍隊中，更加怒不可遏，於是就呼喝著隨身前來的部將們前去捉拿這些反臣。兩方的軍隊開打，部將們各顯神通，打得不可開交。

遏：音ㄜˋ。阻止、壓制。

聞太師揮動著雌雄雙鞭，空中發出天雷地動的聲響，姜子牙招架不住，被打下坐騎。原來這鞭是由兩條蛟龍幻化而成，非常厲害。哪吒三兄弟見到姜子牙遇到危難，趕上來救援，也被太師的雙鞭打傷。

接著，聞太師的部將陶榮拿出法寶「聚風旛」搖了搖，剎那間捲起陣陣狂風，飛沙走石，將西岐軍士們吹得丟盔棄甲，落荒而逃。聞太師在西岐的第一場會戰得到大勝，他高興地在得勝鼓聲中回到軍營。

打了敗仗的姜子牙，經過三天的養精蓄銳，整備了軍隊再次出城挑戰聞太師。這一次姜子牙是有備而來的，當他看到太師拿出雌雄雙鞭，他也拿出了打神鞭。這打神鞭乃是玉虛宮元始天尊的寶物，雌雄雙鞭怎麼能抵擋得住，一下子雌雄雙鞭就被打成兩段。姜子牙繼續

雲中子在絕龍嶺佈卦，將聞太師困在四十九條火龍中間。

揮舞著打神鞭打向聞太師，太師不敵，只好借著土遁逃開了。

當天夜裡，姜子牙決定乘勝追擊。他派遣了軍隊夜襲聞太師的行營，熟睡中的紂營士兵們都被這突來的襲擊嚇住了，像逃難似的互相踐踏，拿著手中兵器亂砍。聞太師帶領著軍隊邊戰邊退，一直退了七十多里才能稍稍喘息。同時，周武王之弟雷震子也奉了師命下山來助周伐紂。

聞太師感嘆這一生中，竟然遭遇到了第一場敗仗，又想不到制勝的方法，急得長吁短嘆。他突然想到了隱居在山野中的道友們，於是他騎上了黑麒麟去向道友們求助。

日行千里的黑麒麟，不一會兒工夫就把聞太師載到

長吁短嘆：吁音ㄒㄩ。形容不斷的嘆氣。

了東海金鼇島。這個島上住著十位道人，在聞太師來訪前，他們早已得到申公豹的通知，要求道人們協助聞太師。現在聞太師親自來訪，這十位道人就帶著他們練成的「十絕陣」，隨著聞太師來到西岐支援紂軍。

姜子牙正懷疑打了敗仗的聞太師，經過半個月仍然沒有任何動靜，不知道有什麼企圖。於是他率領衆將士站上城樓觀望，只見得紂軍行營景象大不相同。行營中充滿了愁雲慘霧、悲風淒淒的氣氛，並有十道黑光射出，往上直沖雲霄。姜子牙看得驚訝不已，吩咐士兵們加強防範。

正當姜子牙與將士們在相府中商議破敵的方法時，聞太師已經帶了十位道人來到西岐城下，指名要姜子牙出城答話。姜子牙隨即調派軍隊，打開城門，看見聞太師騎著黑麒麟站在紂軍陣前，後面跟了十位騎鹿的道人。

十位道人上前向姜子牙行禮，帶他去看他們所布的十絕陣，這十陣分別是天絕陣、地裂陣、風吼陣、寒冰陣、金光陣、化血陣、烈焰陣、落魂陣、紅水陣、紅沙陣。

道人們以挑戰性的口吻問姜子牙：「這十絕陣，你可破得了？」

姜子牙回答：「既然我也是修道人，就有辦法破掉你們的陣法。」其實，姜子牙看到這些陣法後，心裡非常煩惱，對於破陣的把握一點兒也沒有。

雙方約定等這些陣法完全布置妥當，再由姜子牙來破陣。約定完後，就各自領兵回營。

聞太師帶領十位道人回到紂軍行營後，十位道人中的姚天君告訴聞太師：「姜子牙只不過是個道行極淺的修道人，怎麼禁得起這十絕陣呢？只要我略施小法術，就可以弄死他，根本不需要用到十絕陣。」聞太師聽了興致勃勃的要姚天君趕快施法。

姚天君隨即走入落魂陣，站上土台，拿出一個草人，草人上面寫著姜尚的姓名，頭上放置三盞催魂燈，腳下放置七盞捉魄燈。披髮執劍的姚天君口中念著咒語，一日拜三次，連續拜了好幾天。

坐在相府中為破陣的事煩惱的姜子牙，只覺得心神非常的煩躁，整日昏昏沉沉，只想睡覺，這種情形隨著日子的過去，愈來愈嚴重。有一天，姜子牙忽然倒在相府中死掉了。

原來，姜子牙的三魂七魄，經由姚天君每日作法，已經被拜掉了二魂六魄。姜子牙死掉後，剩下的一魂一魄也飛離姜子牙身體，飛往封神台。

柏鑑知道姜子牙命不該絕，將姜子牙魂魄推開。那魂魄很自然的又飄向崑崙山，剛好被在崑崙山下採藥的南極仙翁看見，南極仙翁急忙捉住子牙魂魄，裝進葫蘆裡。

南極仙翁提了葫蘆，正要回去玉虛宮稟告元始天尊，卻被從後趕上的雲霞洞赤精子叫住。赤精子說：「這種小事何必驚動教主。」說完，就拿了南極仙翁手上的葫蘆，使了土遁來到西岐拜見武王。

赤精子告訴武王不要驚慌，他會去把姜子牙的魂魄帶回來。拜別武王後，赤精子腳踏兩朵護身白蓮花，一下子就飛到了十絕陣。他看到姚天君站在落魂陣中，披頭散髮，對著一個寫著姜尚名字的草人作法，就降下足下蓮花，要來搶奪草人。

姚天君看見有人來搶草人，順手抓起一把黑砂往上一撒，幸虧赤精子躲得快，丟下腳下雙蓮花，使用遁術逃掉了。赤精子知道這種陣法十分厲害，就駕著祥雲到老子所住的八景宮，向老子借了「太極圖」來對付姚天君。

赤精子拿到太極圖，再度回到落魂陣來會姚天君。他將老子的太極圖展開，化成一道金橋，迸出五道金光護住自己，然後降下祥雲，抓了草人就跑。雖然赤精子帶了草人逃了出來，可是太極圖卻被姚天君奪走了。

藉土遁逃出陣外的赤精子，將草人的二魂六魄收進葫蘆裡，就急忙趕回相府。他來到放著姜子牙肉體的床前，將葫蘆口對著姜子牙的頭頂，敲了三、四下，子牙的魂魄入竅，不久，他睜開眼睛又活過來了。

復活過來的姜子牙，命令南宮适、武吉在西門外搭設一座營帳，張燈結綵，鋪氈墊地，等候受了天意感召前來相助的各路道友，預備共破十絕陣。

果然，沒多久的工夫，在各地名山修煉的仙人們都陸續趕來，姜子牙一一迎接他們入帳，感謝他們前來幫忙。大家商議之後，姜子牙將執掌號令的兵符交給燃燈道人，大家同意在他的領導下，共謀破陣的方法。

這時，金鼇島十道人的十絕陣也布置得差不多了，於是聞太師派人送來戰書，請姜子牙前去會戰。

西岐城門一開，燃燈道人掌著帥印，坐在梅花鹿上，在排列整齊的仙人們的擁護下，緩緩走出城外。聞太師及十位道人看得驚駭萬分，更加小心嚴守自己的陣位。

只聽得天絕陣內一聲鐘響，秦天君騎著黃斑鹿出陣。天絕陣內有一個法寶叫做「三首旛」，按天、地、人三方位排列，仙人、凡人進入此陣，都會化成灰燼，玉廣宮門人鄧華首先喪命。

燃燈道人派遣文殊廣法天尊去破天絕陣。天尊領命，腳踏兩朵蓮花，飄進天絕陣中。

秦天君搖動三首旛，文殊廣法天尊全身被百道白光籠罩著，但任憑秦天君搖了數十下，也搖不動天尊。天尊拿出遁龍樁往空中一扔，遁龍樁落下，牢牢綑住秦天君，天尊接著舉起寶劍，一劍砍了秦天君的首級。

地裂陣的趙天君看見天絕陣已經被破，氣得大叫：「有誰敢來會會我這地裂陣？」

地裂陣也是依照五行排列，有一面紅旗，搖動它就會引發雷鳴及大火，人、仙進入此陣，很難活命，道行天尊門下韓毒龍入陣犧牲。

接著，夾龍山飛雲洞的懼留孫奉燃燈道人的命令來破陣。他走進陣中，趁趙天君將要揮動紅旗時，立刻取出綑仙索，將趙天君活捉回去。地裂陣因失去了趙天君，也被破掉了。

當眾仙人向燃燈道人請示如何攻克風吼陣時，燃燈道人說：「這個風吼陣的風並不是一般的風，它乃是地水火風，風動的時候就會有萬刀射出，必須借『定風珠』制住風，才能破得了此陣。」

五行：是指金、木、水、火、土。

於是姜子牙立刻派散宜生、晁田二位到九鼎雲光山向度厄眞人借來定風珠，在歸途中由黃飛虎收到方弼、方相。方弼死在風吼陣中，子牙將定風珠交給普陀山落伽洞的慈航道人。

慈航道人進了風吼陣，憑著定風珠制住了地水火風，接著打開隨身所帶的清淨琉璃瓶，將守陣的董天君吸入瓶内，董天君的皮肉立刻化成一攤血水。

風吼陣又被攻破。這時，寒冰陣的袁天君在陣中大叫：「誰過來會一會我的寒冰陣？」

道行天尊門下薛惡鹿入陣陣亡，接著普賢眞人入陣。袁天君搖動黑旛，立刻從上方落下一座冰山，砸向普賢眞人。眞人用手往上一指，一道白光射出，出現一朵八角祥雲，八個角各吊掛著一盞金燈，金燈的熱力融化了冰山。

袁天君看見陣法被破，正想往外逃走，卻被普賢眞人揮動吳鈎劍，一劍砍死在陣中。

燃燈道人看見寒冰陣已破，玉虎門下蕭臻卻死在金光陣中，於是指派廣成子去破金光陣。廣成子進入陣中，看見二十一根旗杆上各掛著一面鏡子，在金光聖母的法力下，鏡子射出一道道金光。廣成子靠著八卦紫壽衣的保護使得金光不能透身，然後他從身上拿出番天印，打碎了所有的鏡子，也順手打死了金光聖母。

聞太師看見金光聖母被打死，氣得騎上黑麒麟要去追殺廣成子，化血陣的孫天君阻止他，孫天君說：「讓我的化血陣來收拾他們的性命，爲金光聖母報仇吧！」

五弟山白雲洞散人喬坤攻陣喪命，這回燃燈道人指首肯：答應的意思。

派太乙眞人去化血陣走一趟。孫天君看見太乙眞人駕著兩朵青蓮進陣裡，急忙抓起一把黑沙撒向他，不料黑沙到了太乙眞人面前卻消失無蹤。

孫天君見法術失效，正想逃開，卻被太乙眞人的九龍神火罩罩住，只見天空中出現九條火龍向罩中噴火，孫天君立刻被燒成灰燼。

聞太師見到十位前來相助的道人，已經犧牲了六人，心裡非常痛心難過。忽然間，他想到住在峨嵋山羅浮洞的趙公明。於是他吩咐四位道人守好陣勢，他要去請趙公明下山協助對抗姜子牙。

聞太師到了峨嵋山，很快的便獲得趙公明的首肯，願意一同下山對付姜子牙。聞太師騎著黑麒麟，趙公明騎著黑虎，兩人一前一後，一下子就回到了紂軍行營。

聞太師、趙公明及四位陣主再度來到西岐城下叫戰，姜子牙開城答話。趙公明責問姜子牙濫殺道友，說著說著就提鞭策虎打向姜子牙，姜子牙舉劍擋住，兩人打了數回合，姜子牙招架不住，被趙公明一鞭打中後心而死。

哪吒、黃天化、楊戩看見姜子牙被打死，氣得過來圍攻趙公明。楊戩放出哮天犬，趁著趙公明沒有防備，咬傷了他的脖子。趙公明急忙騎著黑虎逃開，哪吒等人也趁機把姜子牙的屍體抬回相府。

面如白紙的姜子牙，閉著雙眼躺在床上。武王知道子牙的死訊，急忙帶著文武百官來相府哀悼，大家都顯得十分悲傷。這時候，廣成子走進相府，來到子牙床前，他從懷中取出一粒丹藥用水化開，將藥湯餵入子牙口中，經過一個時辰，命不該絕的姜子牙又再度甦醒復活過來。
第二天，趙公明來到城下，指名要燃燈道人出城答話。燃燈道人帶了諸位道友出城與他會面，燃燈說：「你、我雖屬不同教派，但是同樣是修道的人，而且當初製訂封神榜時，你也在場。你千萬不可昧著良心，逆天行事。」
趙公明聽了非常生氣，舉起鞭子就往燃燈道人及諸位仙人揮了過去。趙公明以長鞭奮戰眾仙，他不慌不忙的取出「縛龍索」，將黃龍眞人活捉過去；又再拿出「定海珠」，珠子散發出五色光芒，將仙人們照得睜不開眼，趙公明趁機用鞭子連續打傷了赤精子、廣成子等五位仙人。

燃燈道人見到五位道友受傷，一位被活捉，急忙帶領其他人退回城中。半夜裡，玉鼎眞人命令徒弟楊戩化身爲飛蟻，偷偷的潛進紂營，將黃龍眞人解救回營。

趙公明正在紂營中與聞太師及道友們飲酒，慶賀大敗燃燈道人，忽然發現黃龍眞人不見了。趙公明掐指一算，知道是被楊戩救走了，就衝到西岐軍營前面，指名要燃燈道人交出楊戩。

燃燈道人說：「這不干他的事，這是因爲托了武王的洪福，黃龍眞人才能夠平安歸來。」

趙公明大聲怒罵：「胡說八道，妖言惑衆。」說完就打出定海珠。燃燈道人睜開慧眼，只見到五道耀眼的光芒射出，卻看不清楚是什麼寶物。眼看寶物就要打到自己，燃燈道人急忙駕鹿往西南方向逃開。趙公明也騎著黑虎隨後追趕過去。

兩人一前一後奔馳到了五夷山，遇見了正在下棋的五夷山散人蕭升、蕭寶兩人。蕭升、蕭寶勸趙公明不可恃強欺弱，更不可忤逆天道。趙公明不聽勸告，拿出縛龍索要捉拿這兩個人。

蕭升拍掌大笑：「來得好！」他急忙從皮囊中拿出一個長了翅膀的金錢，名叫「落寶金錢」，只見縛龍索跟著金錢掉落在地上。趙公明大吃一驚，再拿出定海珠打向他們兩人，想不到定海珠也被落寶金錢打落。

站在一旁觀看的燃燈道人，趁著趙公明的兩樣寶物被收的時機，也拿出乾坤尺打向趙公明。

正與五夷山散人酣戰的趙公明，一個不留神，被乾坤尺打得幾乎翻落虎下，隨後大呼一聲，騎虎往南方逃蛟：音ㄐㄧㄠ。一種像龍的動物，能引發洪水。

走。燃燈向五夷山散人道謝，收下定海珠及縛龍索兩樣寶物後，騎鹿轉回西岐營地。

往南而行的趙公明，心裡很不甘心兩樣寶物被奪，就騎虎乘著風雲飛到三仙島，向同門的三位師妹借了「金蛟剪」，打算拿著金蛟剪去向燃燈道人索回寶物。

借到了金蛟剪的趙公明，再度來到西岐軍營前叫戰，特別指名要燃燈道人出來答話。趙公明看見燃燈道人來到陣前，他說：「你將縛龍索和定海珠還我，那就萬事干休；如果不還我，我就拿金蛟剪與你分個高下。」

燃燈告訴趙公明：「專走旁門左道的人是沒有福慧保有它們的，你不要妄想了。」

趙公明大叫：「既然你無情，我也不與你善罷干休。」話才剛說完，趙公明已拿出金蛟剪擲向空中。這金蛟剪乃是由兩條蛟龍，採天地靈氣、日月精華幻化而成，龍尾相交成爲把手，兩個龍頭相交成爲鋒利的剪刀口。

眼看金蛟剪由上往下剪來，燃燈道人捨棄了仙鹿，借土遁法術逃開。可憐的梅花鹿，被一剪剪成了兩段。

落荒逃回行營的燃燈道人，將金蛟剪的厲害告訴了所有人，大家都聽得膽戰心驚。這時，有一位名叫陸壓的修道人來求見燃燈道人。他交給姜子牙一分符印口訣，要姜子牙在岐山上搭建土台，上面放一個書寫「趙公明」的草人，頭上、腳下各放置一盞燈，對著草人將符咒焚化，每天拜三次，到了第二十一天，趙公明就會絕命。

姜子牙於是搭台施法，連續對著草人拜了四、五天，把趙公明拜得心亂不安。烈焰陣主白天君告訴聞太師：「趙道兄情緒不穩，不如讓他留在營中，就讓我們去會會姜子牙那班人吧！」聞太師正想阻止，他們已經走出營外。

白天君前來叫陣，陸壓笑著走入烈焰陣。只見白天君搖動三面紅旗，立刻出現空中火、地中火、三昧火團團圍住陸壓。沒想到陸壓被火燒了兩個時辰，精神反而更好。這時陸壓從懷中取出一個葫蘆，從葫蘆中射出一道光，光芒中出現一個有眉有眼的異物，從這異物眼中射出兩道白光釘住白天君。陸壓一鞠躬，這異物在白天君頭上一轉，白天君的腦袋就被割掉了。

烈焰陣被破後，方相陣亡於落魂陣中。赤精子領命破落魂陣。因爲上一次已經領教過烈焰陣的厲害，所以他穿上八卦紫壽衣護身。姚天君撥下一斗黑沙，卻無法傷害赤精子半分。赤精子拿出陰陽鏡對著姚天君一照，將他射倒在地。赤精子舉劍一揮，將姚天君斬死，破了落魂陣，並取回被奪走的太極圖。湯營派陳九宮、姚少司搶回陸壓的釘頭七箭書，幸得楊戩、哪吒奪回。

十絕陣已經被破掉八陣，蕭寶散人死在紅水陣之後，道德眞君奉了燃燈道人的命令來破紅水陣。掌陣的王天君看見道德眞君進入陣中，馬上將葫蘆中的紅水往道德眞君身上潑灑，但紅水卻無法沾上道德眞君的身體。道德眞君拿出「五火七禽扇」一搧，這扇乃是由五種火及七種珍禽的羽毛製成，王天君立刻被搧成一堆灰燼。

時間過得很快，姜子牙在岐山拜趙公明已經到了第二十一天，這時陸壓帶來一張桑木弓及三支桃枝箭。在陸壓的指示下，姜子牙搭箭三次，分別射向草人的左、右兩眼及心臟。遠在紂王軍營的趙公明，這時突然摀著雙眼及心臟大叫，沒多久就斷氣了。

因爲趙公明的死，使得紂營軍心惶惶，擔心如何與西岐的這些高人對敵。十絕陣中僅剩的紅沙陣，陣主張天君看到這景象，更加氣憤的來到西岐軍營，連連敲鐘要西岐方面派人出面應戰。

燃燈道人說：「這個陣法是個大惡陣，必須請福分大的武王前去，才能破得此陣。」於是武王便在雷震子及哪吒的護衛下走進了紅沙陣。

張天君看見武王等三人走進陣中，立刻連撒三把紅沙打向他們，武王及哪吒、雷震子因此被困在紅沙坑中動彈不得。雖然如此，武王因爲事先佩戴了燃燈道人給的符咒，所以毫髮無傷。

姜子牙看見紅沙陣中黑氣沖天，不禁焦慮不安。燃燈道人告訴他，武王將有百日之災，不過武王洪福齊天，不必驚慌。姜子牙聽了，也只好繼續等待。

張天君雖然以紅沙陣困住了武王，但是聞太師心裡仍然不快樂，因爲趙公明是爲了協助他而被害死的。這時候，申公豹帶了五位道姑來到紂營求見聞太師。

原來，當申公豹獲知趙公明的死訊，立刻就跑到三仙島，將趙公明被姜子牙殺害的事告訴了趙公明的三個師妹。雲霄、瓊霄、碧霄三位娘娘聽到兄長被害的消息，不禁放聲大哭，誓言要殺姜尚爲兄長報仇。在她們往西岐的半路上，巧遇道友菡芝仙及彩雲仙子，便邀她們同行。

雲霄娘娘等五位道姑拜見聞太師後，向他借了六百名士兵，排練「黃河陣」，足足練了半個月才演練完成。雖然只有六百名大漢守陣，但是陣法奧妙，其威力不下於百萬雄兵。

擺好黃河陣，聞太師便率領五位道姑到西岐營門前討戰。諸位仙人們不知道這個陣的厲害，紛紛被瓊霄、碧霄、雲霄三位娘娘以「混元金斗」收了隨身的法寶，並將他們困在黃河陣中。到最後，西岐軍營只剩下燃燈道人和姜子牙兩人。他們兩人見到事情不妙，急忙借用遁術逃開。

燃燈道人趕回崑崙山求援，不料元始天尊早就算出他的弟子們會有劫難，已先出發前往西岐。燃燈道人只好再趕回西岐，會同姜子牙迎接元始天尊駕臨。沒多久，元始天尊的師兄老子也乘了一頭青牛由空而降。

老子領了青牛進陣，元始天尊跟隨在後。瓊霄拿起金蛟剪，碧霄拿起混元金斗攻擊老子，不料寶物一去，如同石沈大海。老子拿起乾坤圖將雲霄裹起來，元始天尊也以三寶玉如意打死瓊霄，再揮一劍結束了碧霄的生命。

老子和元始天尊破了黃河陣，將困在陣中的弟子們救出，並把被收在混元金斗中的寶物還給他們，隨後指派南極仙翁留下來破紅沙陣。交代完後，老子和元始天尊就回駕玉虛宮去了。

武王被困已經過了九十九天，姜子牙請示燃燈道人：「明天可以破陣了吧？」燃燈道人點頭稱是。

第二天，南極仙翁走進紅沙陣中，憑著一把五火七禽扇將迎面撲來的紅沙吹得無影無蹤。跟隨南極仙翁進陣的白鶴童子趁機打出三寶玉如意，將張天君打落在地，白鶴童子舉手揮出一劍，張天君立刻血染衣襟，一命歸陰。

南極仙翁破了紅沙陣，救回了武王和哪吒、雷震子，不料他們發現武王已經氣絕，姜子牙絕望大哭。燃燈道人說：「不要緊，武王注定有百日之災。」說著就拿了一顆丹藥塞入武王口中，經過兩個時辰，武王果然復活過來。

燃燈道人見到十絕陣已全被破掉，眾道友的任務也都已經完成，於是他就請大家回山修行，只留下赤精子、廣成子及慈航道人留下來協助姜子牙。
姜子牙心想，十絕陣已破，也該是與聞太師一決勝負的時刻了。他重新整頓軍隊，帶領軍隊來到紂營前面。
正在等待朝歌派救兵前來的聞太師，聽到營外喊聲震天，原來是姜子牙帶兵前來。聞太師大喝一聲，提了長鞭衝殺過去，跟隨在身旁的菡芝仙及彩雲仙子也拿了寶劍協助聞太師。可惜兩位道姑學藝不精，很快的就被哪吒、楊戩等人制伏了。聞太師看見又折損了兩名道友，他也無心戀戰，只得再度退回軍營。
姜子牙得勝回營，決定趁著當天夜裡發動全面攻擊，一舉擊潰聞太師的軍隊。
深夜一更時分，一聲炮響，西岐軍隊奮力衝向紂營。黑夜裡，兩軍廝殺，震天的吶喊聲中伴隨著咚咚作響的戰鼓聲。黃飛虎、南宮适分別從左、右方攻打過來，姜子牙坐陣中軍指揮。楊戩趁著混亂的局面，放火燒了紂營糧草，斷絕紂兵的後路。

西岐兵的襲擊太過突然，使得紂兵措手不及，漸漸敗退。聞太師一個不留神，也被姜子牙的打神鞭打傷了左臂。聞太師知道大勢已去，只好領了殘兵敗將且戰且退，退到了岐山腳下，直到姜子牙收兵，聞太師才得到喘息。

聞太師想到征戰西岐三年，三十萬大軍只剩下不到一萬人，不覺感傷萬分。他帶領著這些兵卒，想要借道由青龍關回到朝歌城重整軍隊，再回來復仇。走到半路，卻迷失了方向。

這時，剛好遇上了一位砍柴的樵夫，這樵夫原來是楊戩化身的。他假裝好心的向聞太師指引往青龍關的道路，其實楊戩指引的方向正是通往絕龍嶺的道路。

終南山的雲中子，奉了燃燈道人的命令，早已在絕龍嶺等候聞太師多時。見到聞太師往這方向走來，雲中子舉起雙掌，一聲雷響之後，平地裡冒出八根三丈長的圓柱，按照八卦方向排列，將聞太師困在中間。每根柱子裡出現四十九條火龍，噴出熊熊烈火，要把聞太師燒死。

聞太師口裡念著避火訣，在火中大叫：「雲中子！你的法術只不過如此罷了！」他往上一跳，準備要借用遁術逃開。

雲中子早就有所防範，他拿起燃燈道人的紫金缽，往準備跳開的聞太師頭上一蓋，聞太師大叫一聲，跌落火海之中，立刻被凶猛的火勢燒成灰燼。

聞太師死了之後，一道靈魂便飛向封神台，被柏鑑以百靈旛接引過去，等待日後封神。

第十回　子牙計收鄧九公

聞太師戰死於絕龍嶺的消息傳回到朝歌，使得紂王驚惶傷感。這時候，鎮守在三山關的總兵鄧九公，連連打敗南伯侯鄂順，爲朝廷建立戰功，於是紂王決定指派他帶兵出征西岐，捉拿姜子牙回朝歌城，爲聞太師報仇。

鄧九公接到命令，正要領兵啓程時，忽然有一個身長不滿四尺的矮子來求見，他自稱是接受申公豹的邀請過來幫忙的，名叫土行孫。鄧九公見他長得其貌不揚，又不了解他的本領，但是礙於是道友申公豹所引荐的，只好勉強的指派他看管軍隊糧草，帶著他一同出征。

浩浩蕩蕩的商紂軍隊來到西岐，鄧九公傳令將行營駐紮在城外，等待軍隊都安頓好後，就帶領了大隊人馬來到城門下，要姜子牙出城答話。

只見西岐城門一開，一簇簇人馬擁出，井然有序的排成五行陣仗，看得鄧九公感嘆的一直點頭稱讚：「果然名不虛傳，難怪我方連連損兵折將，眞是個勁敵。」

鄧九公縱馬走上前去，指著騎著四不像的姜子牙大罵，要他趕快棄械投降，說著就提刀朝姜子牙走去。站在一旁的黃飛虎及哪吒急忙拿了兵器，靠過去保護姜子牙。兩軍隨即展開一陣混戰，鄧九公一個不留神，被哪吒使出的乾坤圈打中左臂，頓時皮開肉綻，疼痛難當。

隨同父親鄧九公一同西征的女將鄧嬋玉，見到父親被打傷，十分的氣憤，騎上馬就來到西岐軍隊前叫戰。

西岐方面見到敵營走出一名女將，根本就不放在心上。哪吒跨上風火輪迎上前去應戰，果然不到數回合工夫，鄧嬋玉顯出體力不支，拍馬就要逃開。哪吒提著火尖鎗打算要乘勝追擊，想不到鄧嬋玉猛一回頭，由手中打出一顆「火光石」，打得哪吒鼻青臉腫，敗退回去。

鄧嬋玉仗著火光石的奇威，接連打敗了黃天化及龍鬚虎，打得兩人鼻歪眼斜，狼狽不堪。正當鄧嬋玉提刀要砍殺龍鬚虎首級時，楊戩及時放出哮天犬，將鄧嬋玉的脖子連皮帶肉咬下一大塊。只聽得鄧嬋玉一陣慘叫後，負傷逃回行營。

在行營中，正當鄧九公負傷與將領們開會商討對策時，督糧官土行孫過來向主帥請安。他聽到主帥及小姐負傷的事情，笑著說：「如果主帥肯用我，老早就攻克西岐了。」接著取出兩粒金丹，要他們各拿一粒，和著水研開來，往傷處塗抹。鄧九公和鄧嬋玉依照著他的話做，果然傷處的疼痛減輕不少。鄧九公暗自思量：「看來這個人有點來歷，明天就派他帶兵上陣吧！」

第二天，土行孫領了命令，帶著一隊人馬帶到西岐城下，哪吒蹬著風火輪出城應戰。土行孫仗著矮小靈活的身材，前後跳來跳去，哪吒使著火尖鎗殺得一身汗，卻完全發揮不了威力。

哪吒殺得急了，正要拿出乾坤圈，不料土行孫卻早一步拿出法寶「綑仙繩」，繩索飛出，結結實實的綑住哪吒。黃天化聽到哪吒被擒的消息，騎著玉麒麟出城，看見個身長不滿四尺的矮子，舉起手中雙鎚就打了過去，也同樣的被綑仙繩牢牢的綁住，動彈不得。

土行孫出擊，不到一會兒工夫就擒回西岐兩員戰將，看得鄧九公大樂不已，擺設酒席爲他慶功。酒宴進行到半夜二更，土行孫藉著酒意發出狂言說：「如果你早用我攻打西岐，早就成功了。」鄧九公也喝得差不多了，他不禁失言說出：「如果你眞能破得了西岐，我就把女兒許配給你。」這話聽得土行孫滿心歡喜，徹夜難眠。

隔天，土行孫再次來到城下，指名姜子牙出城答話。姜子牙騎著四不像在眾將官的簇擁下出城來，見到形貌猥瑣的土行孫，不禁放聲大笑。土行孫二話不說，綑仙繩自手中飛出，一道金光射向姜子牙，將姜子牙牢

猥瑣：鄙陋煩碎。

牢的綑住。幸而西岐衆將官機警，急忙將姜子牙搶救進城中。

西岐將士們將姜子牙救回相府後，楊戩告訴姜子牙：「土行孫用的是叫做綑仙繩的法寶，此物乃是懼留孫的寶貝。」姜子牙聽了很不高興的說：「豈有此理，莫非懼留孫要來陷害我？」於是，楊戩徵得姜子牙的同意，啓程前往夾龍山飛龍洞，要向懼留孫問個清楚。

楊戩藉著土遁來到飛龍洞，拜見懼留孫後，將西岐發生的事情敘述一遍。懼留孫聽得大怒說：「自從大破十絕陣回來，未曾檢視此寶貝，原來是被土行孫這逆徒偷去為非作歹。」懼留孫吩咐門徒看守洞門，就駕著金光縱地法，與楊戩直奔西岐而來。

懼留孫見過姜子牙，互相寒喧一番。他勸姜子牙不用擔心，並指示他須如此如此，土行孫自然手到擒來。姜子牙聽了大喜，決定依計行事。

第二天，姜子牙騎上四不像，獨自來到紂軍行營前探查。土行孫得到報告，心想：「姜子牙，這是你自投羅網。」他拿著綑仙繩走出行營，姜子牙撥轉四不像掉頭就走，土行孫急忙打出綑仙繩捉拿姜子牙。

土行孫並不知道懼留孫藉著金光法隱身在空中，他連續打出好幾條綑仙繩，全被懼留孫在空中接走了。土行孫雖然覺得奇怪，但是此刻他的心裡只想著早點擒住姜子牙，好與鄧嬋玉成親，根本來不及思考其中原委。

綑仙繩全用完了，土行孫提了根鐵棍繼續追趕姜子牙，忽然聽見師父懼留孫說：「土行孫往哪兒去？」土行孫抬頭看見師父，正想要藉土行之法逃走，卻被懼留

原委：原因。

孫早一步以細仙繩束縛住，將他擒回西岐。

土行孫被抓回西岐，向師父解釋，說是受了申公豹言語的遊說，一時迷惑富貴功名而下山助紂；又說，因爲鄧九公答應於攻下西岐後，將女兒許配給他，才使得他接二連三侵犯西岐，行刺姜子牙。

懼留孫低頭沈思了一會兒，他告訴姜子牙：「你留下他，日後定可助你一臂之力。而且我也推算過，這逆徒與鄧嬋玉有一段注定的姻緣，如果你能促成，她的父親鄧九公不久也會來歸順西岐。」

姜子牙考慮了一會兒，接受懼留孫的建議，於是派了散宜生前往紂軍行營提親。

鄧九公正爲了土行孫被敵軍抓去，這下不知要如何才能攻破西岐的事而煩惱不已，忽然聽到散宜生來爲土行孫提親。鄧九公想到這是個擒住姜子牙的時機，於是將計就計，佯裝答應這門親事，並要姜子牙親自來下聘。暗地裡，他卻命令精壯士兵三百名，各執短刀利刃，埋伏在營帳之外，等待姜子牙進入營帳後一舉成擒。

姜子牙早就識穿鄧九公的計謀，事先做了妥善的應變對策。三天後，姜子牙帶領著五十名抬著聘禮的腳夫來到紂軍行營，與鄧九公互相寒暄一番之後，見到鄧九公眼神不定，姜子牙先發制人，只見抬禮腳夫紛紛取出武器，一擁上前，禮箱中裝的大炮發出一聲炮響，西岐兵馬從左、右、中三方攻打過來，銳不可當。

鄧九公的人馬措手不及，被打得潰不成軍，節節後退五十多里。慌亂之中，在紂軍後營的鄧嬋玉也被西岐

腳夫：雇用來搬運東西的人。

軍隊擄走了。

當天晚上，姜子牙安排土行孫和鄧嬋玉成親，將他們安置在新房裡。鄧嬋玉只是不停的哭著，埋怨父親的失言而成就今日的姻緣。但是後來想想，這也是天意，而且今日成親的事已經天下盡知，她也就順其自然的接受了。

隔天，土行孫夫婦上殿叩謝姜子牙，並請求前往說服鄧九公降周。姜子牙聽見鄧嬋玉願意前往勸服鄧九公，於是高興的調撥了一隊人馬給她。

鄧嬋玉來到岐山下，見了父親後跪下說：「只因父親失言弄巧成拙，如今孩兒已是土行孫的人了，我想要保全爹爹性命，所以特地過來當說客。現在紂王無道，天下三分已有二分歸於周王。而且我今日是奉您的命令

在姜子牙的安排下，土行孫娶了鄧嬋玉爲妻，最後再用計收服鄧九公。

嫁到西岐，您回去之後要如何向紂王解釋呢？如果您歸順西岐，則我們骨肉還可再相聚，您也可爲賢君盡力。」

這一番話說得鄧九公頻頻點頭，於是帶領了所有的將士隨著鄧嬋玉一同歸順西岐。

鄧九公率軍歸降西岐的消息，立刻經由汜水關守將韓榮的通報傳回朝歌城。紂王感嘆大臣之不可信賴，於是決定派出貴爲皇親國戚，身居諸侯之首的冀州侯蘇護率軍前往征伐。

冀州侯蘇護接到紂王的聖旨，心中非常高興，連忙將這個消息告訴夫人楊氏及兒子蘇全忠。他說：「家門不幸，生出了一個妲己，迷惑紂王，無端作孽，使得天下諸侯都怨恨我；我聽說西岐武王仁政愛民，恩澤遠播天下，早就有心想要投靠他，想不到紂王這個昏君竟然給我這個機會，順遂了我的心意，我就帶你們一同前往西岐，然後等待機會，會同諸侯討伐暴君，如此我蘇護才不至於貽笑於諸侯，受後世人的譏笑。」

蘇護的家人都非常贊同蘇護的想法，於是，大家立即打點行李，準備啓程上路。隔日，十萬大軍整備完畢，蘇護就帶著軍隊及家眷離開冀州，啓程往西岐出發。

蘇護的大軍來到西岐城下，就地紮下行營。他的心早就向著西岐，但是因爲同行而來的副將鄭倫堅決反對他歸順西岐，蘇護也只好無奈的敷衍他，採取按兵不動的策略，等候時機歸降西岐。

這時，在九華山雲霞洞修煉的赤精子，接到玉虛宮傳來的信函，知道姜子牙帶領諸侯討伐暴君的時刻快到了，於是就把門徒殷洪叫來，告訴他滅紂的時機快成熟了，要他下山幫助姜子牙一臂之力。

在殷洪臨行前，赤精子將洞中的法寶悉數傳給他。有紫綬仙衣，可免刀劍之災；陰陽鏡，紅的一面是生路，白的一面是死路；水火鋒可以隨身護體。

殷洪向赤精子辭行後就收拾行李，準備下山投靠姜子牙，赤精子暗暗想著：「殷洪畢竟是紂王的親生兒子，倘若變節就不妙了。」於是要求殷洪在臨行前立下毒誓。

殷洪說：「紂王雖是我父親，但是要不是師父的救命之恩，我早就被他殺死了，我怎麼敢忘記師父的教誨。」接著隨口又說：「如果我另有他意，我的四肢就

殷洪：是紂王的親生兒子。

會化成飛灰。」赤精子聽到他立下這個誓言後，就叫殷洪下山。

殷洪離開洞府，借土遁往西岐而行。走到半途，忽然看見一名道人乘著老虎迎面而來，並自稱是申公豹。

申公豹明知故問的說：「你現在要到哪裡去呢？」殷洪回答：「我奉師父命令前往西岐，幫助武王伐紂。」

申公豹聽了大聲斥喝他：「世上哪有做兒子的幫助外人討伐父親的呢？雖然紂王無道，你也要以社稷為重。倘若你助武王討伐紂王而使宗廟被破壞，社稷被他人所奪，你死後有什麼面目去見你的先祖呢？」

殷洪聽了申公豹的一番言語，立刻將師父赤精子的交代拋諸腦後，改變心意前往西岐與蘇護會合，共同對付姜子牙。

數年前在朝歌午門等待被行刑的二殿下殷洪，被一陣怪風颳走後就一直沒有消息，今日突然出現在西岐的紂軍行營前，使得蘇護和鄭倫非常驚訝。殷洪被迎入營帳，換上王服後，就領了衆將領出營請戰。

姜子牙獲知殷洪來到城門請戰，就命人打開城門，擺開陣仗。殷洪見到姜子牙，斥責他不該造反，辜負皇恩。說完就大喝一聲：「去把姜子牙抓過來！」兩軍開打起來，鑼鳴鼓響，驚天動地；喊殺之聲，地沸天翻。

姜子牙與殷洪打了三、四回合，就拿起打神鞭來對付殷洪，幸虧殷洪衣服裡套了件紫授仙衣才能毫髮不傷。殷洪撇下姜子牙，轉過身去對付哪吒，他拿出陰陽鏡去照哪吒，但是因爲哪吒是蓮花化身，不是血肉之軀，殷洪將鏡子晃了又晃，哪吒依然無動於衷。

這時，姜子牙命令鄧嬋玉暗中助哪吒一臂之力，鄧嬋玉於是打出一顆五光石，打得殷洪鼻青臉腫，急忙收兵退回行營。

姜子牙等一行人打了勝仗回城後，心中非常疑惑，爲什麼道友赤精子的寶物陰陽鏡會落到殷洪手中？於是姜子牙派楊戩到九華山找赤精子問個明白。

楊戩來到九華山，向赤精子說明發生事情的原委。赤精子非常震怒，立刻隨同楊戩來到西岐。但是，因爲殷洪下山之前，赤精子已經把洞中所有寶物傳給他了，所以連赤精子也無法想出辦法來制伏陰陽鏡。

正當姜子牙等人苦思破解陰陽鏡的方法時，慈航道人前來求見。姜子牙一面行禮，一面問道人來意，慈航道人說：「我專爲殷洪的事而來。」

慈航道人要姜子牙拿出當日破十絕陣的太極圖，並告訴赤精子如何以此圖消滅殷洪。赤精子聽完後心中十分不忍，但是姜子牙拜將期限已近，不能再耽誤了，只得依著慈航道人的指示去做。

第二天，姜子牙領了一隊人馬到紂營前向殷洪叫戰。殷洪騎馬出營應戰，戰不到數回合，姜子牙故意落敗逃走，殷洪縱馬追趕。

兩軍前後追逐了一陣子，這時，等在半路上的赤精子看見徒弟趕來，不覺掉下眼淚來，口中喃喃念著：「這是你自討苦吃，你死後可不能埋怨師父。」說著就把太極圖攤開，幻化成一座金橋，裡面包羅萬象。

姜子牙騎著四不像上了金橋，殷洪也策馬追了上來。殷洪上了橋後，往事紛紛擁上心頭，原來這就是太極的變化無窮之法，心想何物，何物便現。
霎時，殷洪看到了母親姜娘娘，她說：「你不遵守對師父的承諾，今日就要化成飛灰。」殷洪聽得心慌，不一會兒，他又見到師父赤精子，他急忙跪地求師父原諒，但是赤精子只是說：「太遲了，你已犯了天條！」雖然赤精子非常心疼這個徒弟，但是他不敢違背天機，只得含著淚捲起太極圖，再攤開來，殷洪已連人帶馬化成飛灰，被風吹走，一道魂魄也飛向封神台報到。
結束殷洪後，慈航道人及赤精子就向姜子牙告別回山去了。不久，姜子牙收到蘇護的一封密函，表明歸順西岐的意願，並請求姜子牙派兵制伏副將鄭倫。
姜子牙接到蘇護的書信後，心中非常高興，於是決定當夜出兵突擊紂營。

在蘇護的裡應外合下，突擊的行動非常成功，姜子牙的門徒也順利的擒獲鄭倫。蘇護上前規勸被擒的鄭倫歸降西岐，他說：「今日國君無道，武王以德行仁，天下三分之二以上已歸順於武王，這是天意。雖然說忠臣不事二主，但是難道黃飛虎、鄧九公等人都是不忠的嗎？君失其道，便不可爲父母，現在是紂王自行在毀滅他的天下呀！」鄭倫被他說得如大夢初醒，於是隨著蘇護一起歸降於西岐。

冀州侯蘇護投降於西岐的消息，被汜水關守將韓榮帶回朝歌，紂王非常心痛，不相信連心腹大臣、皇親國戚的蘇護也會反叛。妲己聽到消息，立刻跑到紂王面前跪下，請求陛下賜予斬首之罪，以謝天下。

紂王看到哭得淚流滿面的妲己，心疼的安慰她：「縱使我失去了江山，也與深宮中的妳無關。」妲己聽後急忙叩頭謝恩。第二天，紂王再派遣鎮守三山關的元帥張山領兵十萬去征討西岐。

這時，在九仙山桃源洞修煉的廣成子，接到玉虛宮白鶴童子帶來的訊息，告訴他姜子牙即將在金台被封為東征元帥，請他前去餞別。廣成子忽然想到徒弟殷郊，便打發他下山輔佐姜子牙，一來可以重回朝歌故土，二來也可以捉拿妲己報殺母之仇。

廣成子把殷郊叫到跟前，命令他先到桃源洞獅子崖尋找兵器，再傳他道術，以便他下山輔佐西岐。殷郊依師父命令來到獅子崖，卻遍尋不到武器，忽然看到面前有一石桌，桌上有幾顆熱騰騰的豆子，他就順手拿了一

殷郊：殷洪的哥哥，也是紂王的兒子。

顆吃下去。想不到吃後渾身骨頭作響，一會兒就從身上長出三頭六臂，把殷郊嚇得目瞪口呆。

廣成子派白雲童子傳喚他回洞，稱讚他是奇人異相，並且把洞中所有寶物：番天印、落魂鐘、雌雄劍全交給殷郊。於是殷郊向師父辭行下山。

臨行前，廣成子特別叮嚀他：「我將所有寶物都傳給你，你要盡心協助武王，千萬不可改變念頭，如果因此遭天譴，後悔就來不及了！」殷郊說：「武王是聖君，而我的父親荒淫無道，怎麼敢錯認，辜負師父教誨呢？如果我違背師訓，願意接受犁鋤之罪。」廣成子聽後非常滿意，於是命令他儘快下山。

當殷郊正往西岐方向行進時，遇上了一個騎虎的道士，這個人當然又是申公豹。申公豹搬出他告訴殷洪的同一套說詞想要說服殷郊，但是殷郊不爲所動，他告訴申公豹，這是天意，他要去投靠有德行的姜子牙。

申公豹說：「有道德的人會將要去投靠他的二殿下殷洪，用太極圖化成飛灰嗎？我非常爲你感到不平呀！」殷郊聽後大吃一驚，於是接受申公豹的建議，先去詢問紮營在西岐城外的張山，確定實情後再作打算。

張山見到三頭六臂的殷郊前來，心中雖然疑惑，但是聽完殷郊敘述過去發生的事情經過後，急忙向太子殷郊行禮。

殷郊問張山二殿下殷洪的事，當他聽到殷洪被姜子牙用太極圖化成飛灰的經過，大叫一聲，昏倒在地。衆人連忙將他扶起，他放聲大哭，說：「我一定要殺了姜尚！」

第二天，殷郊親自領兵來到西岐城下，特別指名要姜子牙出城答話。炮聲一響，西岐戰將自打開的城門擁出，殷郊見到姜子牙走出，不由分說就拿了兵器迎擊過去，哪吒、楊戩、黃天化等人急忙上前招架。

殷郊憑著番天印、落魂鐘，把西岐將領紛紛打下坐騎，楊戩擔心殷郊的寶物傷了姜子牙，連忙命令大家鳴金收兵，退回城中。

楊戩瞧出殷郊使用的番天印是廣成子的寶物，於是就借土遁來到桃源洞求見廣成子。廣成子聽了楊戩的敘述，大叫：「這逆徒違背師命，定遭不測之禍。」說著便趕忙下山去見殷郊。

廣成子來到紂軍行營，殷郊出營拜見。殷郊向他哭訴殷洪被姜子牙用太極圖化成了飛灰，又說等他殺了姜子牙之後再討論東征紂王的事。廣成子十分氣憤他不明事理，舉起劍要來教訓他，殷郊情急下拿出番天印還擊，廣成子只好借著縱地金光法慌忙的逃回西岐。

廣成子回到西岐相府，姜子牙問他與殷郊會面的情形如何，廣成子便將殷郊拿出番天印打他的事情敘述了一遍。經過大家一番討論之後，決定要制伏番天印，只有拿到玉虛杏黃旗、玄都離地焰火旗、青蓮寶色旗、素色雲界旗才行。除了玉虛杏黃旗在姜尚手中，大家決定由廣成子去借其他旗幟。

廣成子借縱地金光法來到玄都宮，向老子借到了離地焰火旗；他又再到西方極樂世界，向準提道人借到了青蓮寶色旗。接著，又透過玉虛宮南極仙翁的幫忙，向瑤池金母借到了素色雲界旗。

所有的旗幟都借齊了，只是缺少了幾位鎮守旗幟的人。這時，文殊廣法天尊及赤精子連袂而至，剛好湊足人數。於是，由文殊廣法持青蓮寶色旗駐守岐山東方；赤精子持離地焰火旗駐守南方；武王及姜子牙持素色雲界旗駐守西方；燃燈道人則持玉虛杏黃旗鎮守中央，獨留北方缺口，讓殷郊有機會往北方逃走。

西岐眾人將陣勢布置妥當，等待半夜一更時分，率先由黃飛虎父子帶領一隊人馬，吶喊著衝殺進紂軍行營；接著鄧九公、南宮适分別帶領士兵分由左、右方殺進，不到片刻，紂軍已被西岐軍隊重重包圍住。

縱然殷郊是三頭六臂的人物，也抵擋不住西岐這一批英雄好漢的輪番攻殺。殷郊眼見張山被殺，陣營大亂，急忙趁機躲開，往岐山逃去。

殷郊正策馬前行，忽然看見文殊廣法天尊站在前面。天尊勸他快點下馬，可免去他的犂鋤之厄，殷郊卻不聽，打出了番天印。天尊見狀，急忙展開青蓮寶色旗。

隨著旗幟招展，現出萬道金光，中間浮現一粒舍利子，將番天印鎮住，動也不能動。殷郊倉皇失措的收起番天印，急急的往南方逃去。

往南而去的殷郊，途中遇到了赤精子。赤精子以玄都宮的離地焰火旗，剋住他的番天印，逼得他往中央而去。坐鎮中央的燃燈道人，同樣的將玉虛杏黃旗施展開來，萬朵蓮花現出，托住番天印使得它無法落下地來，殷郊擔心番天印被收去，連忙將印收回手中。

正當殷郊思考去路，猛然往正西方一看，只見姜子牙就站在龍鳳幡下，殷郊大喝一聲，縱馬衝殺過去，勢如破竹。殷郊拿起番天印朝姜子牙打去，姜子牙拿起素色雲界旗招架，將番天印鎖定在空中。最後姜子牙拿出打神鞭打向殷郊，殷郊急忙抽身往北方逃開。

頓時，一陣雷鳴聲中，從四面八方擁出大批士兵，將殷郊追趕得走投無路，只得往北方繼續前行，但是山徑卻越來越窄，走到後來，殷郊只得下馬步行。

後面追兵甚急，前方又已無去路，殷郊只好祈求上天：「如果商朝社稷還有希望，就讓我這番天印把這座山頭打出一條路來；如果打不開，我將命喪於此地了！」說完，就把番天印朝空中打去。一聲巨響後，果然將山打開一條路。殷郊非常高興的說：「商朝天下不會滅絕了！」就往山路走去。

忽然一聲炮響，兩邊山頭出現西岐士兵，後面又有燃燈道人追趕過來，在他們前後左右夾擊的攻勢下，殷郊只好藉土遁往山尖逃走。當殷郊的頭剛冒出山尖，燃燈道人用手一合，被劈開一條路的兩個山頭往中央一擠，將殷郊的身子夾在山中，只剩頭冒出在山外。

接著，燃燈道人命令廣成子推著犂頭上山，廣成子雖然於心不忍，也只好流著淚，推著犂頭將殷郊鋤死，殷郊一縷魂魄便飄向封神台報到，等待姜子牙封神。

第十一回　過五關萬仙大戰

紂王在位的第三十年三月初，西岐的將士們已將東征所需的配備及錢糧準備妥當，只等姜子牙呈上出師表。

三月初四，武王姬發設下早朝接見群臣，姜丞相捧著出師表呈給武王。出師表內容陳述著紂王的暴行，請求武王派兵東征，與天下諸侯共同會兵於孟津，討伐無道的紂王，解救天下黎民的苦難。

接著姜子牙和散宜生聯合向武王上奏，說明天下諸

出師表：出兵的奏章。

黎民：老百姓。

侯已經約定出兵共同伐紂，如果西岐不響應，天下諸侯會認爲西岐助紂爲虐，西岐將失信於諸侯；而且紂王連年發兵攻打西岐，爲求百姓生活安定，必須與諸侯們共同出兵伐紂，會兵於孟津，要求紂王改過自新，如此才能爲老百姓謀福利。

武王聽完奏言，非常贊同他們的說法，於是決定拜姜丞相爲東征大將軍，總理所有東征調兵遣將的大權。武王命令大夫散宜生負責拜將的準備工作，並擇定於三月十五日良辰，由武王率領文武官員執行拜將大典。

拜將典禮用的金台，不消幾天的工夫就造好了。三月十五日當天，三聲炮響後，武王率領群臣來到相府前，恭迎姜子牙出城，並一起來到搭建在岐山的金台。沿途聚滿了西岐百姓，扶老攜幼，爭相觀看這一場盛典。

姜子牙被群臣迎上金台，分別由散宜生、周公旦、召公奭念完祝禱文後，由軍政官捧來一頂金盔及一副金絲織成的大紅戰袍，爲姜子牙穿戴上。姜子牙接過軍政司奉上的令旗、令劍、印信後，將印、劍高舉過眉，武王在台下向姜子牙拜了兩拜，便完成金台拜將的儀式。

儀式完成後，武王被迎上金台，姜子牙跪地謝恩，並向武王表明東征的決心。武王下台後，姜子牙也走下金台，往岐山正南方走去，因爲玉虛宮的掌教祖師元始天尊，也率領著所有的玉虛門人及三山五岳的道友們，一起來向他道賀，並祝福他扶佐聖主，東征成功。

姜子牙向武王稟告，東征期間，內政事務完全託付上大夫散宜生；對外軍事方面則交付給歷練老成的黃滾

奭：音ㄕˋ。繁盛的意思。

將軍。武王聽了非常高興，連連稱讚姜子牙安排得宜，使得這次的東征無後顧之憂。

紂王三十年三月二十四日是良辰吉日。武王姬發和姜子牙向留守在西岐的官員們飲酒餞別後，兩人就率領了六十萬大軍，踏上東征伐紂的路途。在首陽山曾被伯夷、叔齊諫阻，眾將欲殺二人，子牙卻阻止放過了他們。

精神抖擻的大軍過了金雞嶺，來到了汜水關前。姜子牙將兵馬分成三路，由黃飛虎及洪錦分別帶領十萬兵馬去攻打青龍關及佳夢關，姜子牙則坐鎮中軍，領兵直取汜水關。

洪錦這一路兵馬來到佳夢關，守關的主將胡升、胡雷兩兄弟出關應戰，但是他們根本不是西岐軍隊的對手。胡雷與南宮适大戰三、四十回合，隨即被南宮适擒住，割取了首級。胡升早就有歸順西岐的意思，眼見胡雷被斬，大勢已去，就趕緊修書一封，派軍士呈遞給洪錦，表達投降之意。

正當佳夢關掛上西岐周家的旗號，準備交接事宜的時候，有一個身披大紅袍，披髮赤足的道姑怒氣沖沖的來見胡升，原來她就是胡雷的師父火靈聖母。她怒責胡升不爲同胞兄弟報仇，反而與仇敵站在同一邊；胡升被她責備得說不出話來，只好改變向西岐投降的心意，在關上重新掛上商紂的旗號。

洪錦見到胡升出爾反爾，怒不可遏，但是因爲關上掛出了免戰牌，一時也拿胡升沒辦法。不久，只聽得胡升來到西岐軍前討戰，洪錦聞報，立刻提刀上馬，帶領左右將官出營。

洪錦看見胡升，縱馬就要來取他的性命，只見胡升一閃身，火靈聖母騎著金眼駝連人帶獸，似一團火光快速飛滾過來。火靈聖母口稱爲被殺的門人胡雷報仇，與洪錦交談不到兩句，就開打起來。

火靈聖母頭戴一頂金霞冠，冠上覆蓋著一條淡黃色的包袱巾。當她與洪錦打得不可開交的時候，順手便將冠上的包袱巾挑開，只見金霞冠周圍現出十五、六丈高的金霞，將火靈聖母及洪錦籠罩在當中。但是她看得見洪錦，洪錦卻看不到她。說時遲，那時快，洪錦躲避不及，身上的戰甲被火靈聖母一劍劈開，洪錦「呀」的一聲，負傷逃開。

火靈聖母乘勝追擊，率領三千名勇猛的火龍兵，直衝西岐軍營，勢不可擋。洪錦帶領殘兵剩將連連往後退了六、七十里，直到火靈聖母放棄追趕，才得以止住敗勢。

洪錦見識到火靈聖母的厲害，連忙派人到大本營向姜子牙請求支援。姜子牙感到事態嚴重，於是立刻調集三千兵馬，偕同哪吒兼程趕到佳夢關與洪錦會合。

姜子牙聽完洪錦的報告，心中感到疑惑，他想莫非這又是旁門左道的法術？正當他遲疑之間，火靈聖母也得到姜子牙到來的消息，再度來到西岐軍營前，指名要姜子牙出營答話。

火炮一響，姜子牙騎著四不像，帶了眾將佐出營。火靈聖母見到姜子牙，騎上金眼駝，提劍就要衝過來取姜子牙性命；姜子牙火速提劍還擊。戰不到數回合，聖母重施故技，用劍挑開冠上淡黃包袱巾，姜子牙頓時被籠罩在大片紅光中，看不見任何東西。聖母舉劍便往姜子牙胸前一刺，無鎧甲保護的姜子牙立刻被劍劈開皮肉，血濺衣襟，只好騎著四不像逃開，聖母立刻騎著金眼駝追趕過去。

姜子牙畢竟年邁，又受劍傷之苦，不一會兒便被火靈聖母趕上，她取出一把混元鎚，往姜子牙後背心打去，把姜子牙打翻下四不像。火靈聖母下了金眼駝，就要上前取姜子牙首級時，廣成子及時趕來爲姜子牙解圍。

火靈聖母見到廣成子，二話不說就現出金霞冠的金光，她不知道廣成子穿了件掃霞衣，將金霞冠的金光一掃而空。火靈聖母見到法寶被破，氣呼呼的提劍砍來，廣成子連忙取出番天印來應付。番天印自空中打下，火靈聖母哪裡躲得及，正好打中她的頂門，打得腦漿迸出，一縷魂魄飛往封神台報到。

廣成子將番天印及火靈聖母的金霞冠收好後，扶起奄奄一息的姜子牙，往他口中塞入一顆丹藥，一個時辰後，姜子牙再次醒轉過來。

姜子牙謝過廣成子的救命之恩，兩人互相告別後，姜子牙便回轉佳夢關。胡升因爲失去火靈聖母的幫助，再度向西岐軍輸誠投降，但是姜子牙對他反覆無常的作爲十分氣惱，於是命令左右軍士將胡升推出營外斬首。經過一番苦戰，西岐軍終於攻克佳夢關。

另一方面，黃飛虎帶了十萬大軍來到青龍關。青龍關位居西北要塞，是保護朝歌城的一個重要關卡，城高濠深，難以攻打。黃飛虎率領軍士連續攻打三天，只使得商兵折損幾員副將，黃飛虎只得暫時鳴金收兵，另謀良策。

青龍關守將邱引見到西岐兵退去，心中十分納悶。這時，有個督糧官陳奇前來向他報告催糧的情形。當陳奇聽到邱引描述西岐軍士驍勇善戰的情形，他便向邱引毛遂自荐，請求領兵去會一會西岐將士。

陳奇得令後，便帶領了三千飛虎兵，手提降魔杵，騎上火眼金睛獸來到周營叫戰。黃飛虎派出鄧九公出營迎戰。兩人見面，互通姓名後就提起兵器開打起來。

鄧九公揮舞著大桿刀，刀法如神，兩人大戰三十回合，使著降魔杵的陳奇漸漸抵擋不住。突然間，陳奇將口一張，「哈」的吐出一道黃氣。這道黃氣非比尋常，

濠：護城河。多為戰爭保護城牆，而挖掘的深溝。

凡是由精血孕育成的人，必有三魂七魄，見了這黃氣便會魂飛魄散。鄧九公見到這黃氣，立刻跌下馬來，被蜂擁而上的飛虎兵擒住。

鄧九公醒來，身體已被繩索牢牢細綁住，被押到守將邱引面前。鄧九公大怒著對邱引說：「我生不能吃你的血肉，死後必定變成厲鬼來殺你！」邱引非常生氣，命人押他出去斬首，並將他的首級掛在城上。

這時，西岐督糧官鄭倫奉了姜元帥的命令，運送糧草前來支援黃飛虎。當他聽到陳奇的事，心中非常訝異有這樣一位異人，便想要和他會面，一探虛實。

沒多久，陳奇又來到西岐營前叫戰。鄭倫騎上了火眼金睛獸，提了降魔杵，領著三千烏鴉兵出營來見陳奇。當他看見陳奇也是騎著火眼金睛獸，拿著降魔杵，後面也有一隊人馬，心中不禁感到訝異。

鄭倫說：「我聽說你有異術，今日特來會見你。」於是鄭倫催促金睛獸，舉起手中的降魔杵，劈頭就打了過去。陳奇也拿起手中的降魔杵還擊。

兩人交戰之間，鄭倫心想：「必須先下手爲妙。」於是鼻孔略張，「哼」的一聲自鼻孔中噴出兩道白光；陳奇口中「哈」的一聲也同時迸出一股黃光。說時遲，那時快，兩人分別自坐騎上掉落，兩邊兵卒不敢抓人，只顧各人搶救各人的主將回營。

鄭倫回到西岐軍營，這時姜子牙派來支援的哪吒、土行孫也已趕到，於是黃飛虎與大家商議，決定利用夜間敵方毫無警覺的狀態下攻擊青龍關。

半夜二更時分，哪吒騎乘著風火輪飛入關內，以金

武王和姜子牙領了六十萬大軍，踏上伐紂之路，這期間過五關
展開精采的萬仙大戰。

磚把守門軍士打昏，隨即打開城門拴鎖，西岐軍士一聲吶喊，殺進城中，天翻地覆，嚇得城中百姓只顧逃生。

兩軍混戰之中，陳奇被哪吒的乾坤圈打中，又被黃飛虎一鎗刺中要害，死於非命。邱引眼見寡不敵衆，藉著土遁逃走了。兩軍廝殺到天明，西岐軍終於完全攻克青龍關。黃飛虎清點戰果，留下一部分駐軍留守青龍關，分配任務後，就班師趕回汜水關與姜子牙會合。

姜子牙聽到佳夢關及青龍關陸續被攻克的捷報，心中非常高興，他告訴衆將士：「這兩關被打通，則以後東征的糧食補給道路就暢通無阻。」只是在這同時，他也爲了鄧九公的被害感到唏噓不已。

汜水關左右兩個關隘佳夢關及青龍關，陸續被西岐兵所奪，汜水關在西岐軍隊兵臨城下的情況下，更顯得

班師：調回軍隊。

隘：音ㄞˋ。險要的地方。

岌岌可危。守將韓榮不願棄關投降，卻又擔心被西岐周兵所擒，只好打點行李，準備棄官隱居山林。

韓榮打點行李的舉動，驚動了他的長子韓昇、次子韓燮。兩人問清了父親的意向後，義正嚴辭的告訴韓榮：「紂王將守關重任交給您，您不想報國盡忠，反而貪生怕死，這豈是大丈夫的作爲？」韓榮聽了，心中半是慚愧，半是高興，難得這兩個小孩能夠懂得忠義爲國的道理。

韓昇拿出一個紙做的風車給韓榮看，上面四片旋轉的扇頁上有符有印，並寫著地、水、風、火四個字，名叫「萬刃車」。只要一作法，這風車便會飛出百萬把飛刀，夾雜著沖天的火焰及瀰漫的煙霧。

韓榮非常高興，心裡想著，憑藉這萬刃車，一定能擊退西岐周兵，保住此關。他問明了韓昇已製造了三千輛，於是韓榮調撥三千精兵，供韓昇兄弟操練這三千輛萬刃車。

萬刃車陣法訓練了二七一十四日，軍士都已經十分精熟。韓榮計上心頭，打算趁著黑夜襲擊西岐軍營。初更時刻，三千萬刃車雄兵悄悄出關，來到周營前面。霎時之間，黑雲密布，風火交加，刀刃齊飛，沒有防備的西岐兵士被夾殺得七零八落，屍骸遍野。姜子牙倉皇的領著潰不成軍的兵士們一直撤退到金雞嶺。

途中，只見迎面兩根大紅旗飄揚，原來是督糧官鄭倫運糧經過。鄭倫問明原委後，就騎上金睛獸去會韓昇兩兄弟，剛好與追趕而來的兩兄弟碰了個正著。

鄭倫知道萬刃車的威力，眼見三千萬刃車隨後將至，急忙將鼻孔一張，又是「哼」的一聲，噴出兩道白光，韓昇、韓爕兩兄弟應聲倒地，被烏鴉兵生擒活捉，綁上繩索，押到汜水關前。

韓榮見到兩個兒子被姜子牙捉住，急忙向姜子牙求情，求他放了他們，並表明願意奉上汜水關。韓昇聽了大叫：「父親千萬不可獻關，不可因爲兒子的命而失去爲人臣子的節義；您要緊守關卡，等待紂王救兵到來，抓住姜子牙，將他碎屍萬段，爲我們報仇！」

姜子牙聽得大怒，命令南宮适將他們斬首示衆。韓榮眼見愛子被殺，心如刀割，也跟著跳下汜水關城樓下，自殺身亡。可憐父子三人同時爲國捐軀。

韓榮墜樓身亡，城中百姓開城迎接姜子牙人馬進關。姜子牙傳令設宴犒賞有功將士，大家在關中住了

犒賞：犒音ㄎㄠˋ。獎賞。

三、四天後，軍隊再度集結，進兵下一個關口界牌關。界牌關下、闡、截西教教主決戰；元始夫尊、老子、準提道人、接引道人四位教主，破了截教通天教主的誅仙陣。紂王被妲己蠱惑，不致荒淫，氣走了皇伯箕子。

界牌關守將徐蓋久聞西岐武王的仁德，心中早有歸順之意，當姜子牙兵臨界牌關下，徐蓋立刻率同部將打開關門投降。姜子牙率領衆將士停留了一晚，軍隊繼續往穿雲關推進。

穿雲關主將徐芳乃是徐蓋的胞弟，當他聽到兄長歸降周室的消息，氣得暴跳如雷，口鼻生煙。徐芳雖然想要出兵抵抗姜子牙，但是苦於左右並無善於帶兵的將領。這時，有一位自稱是九龍島煉氣士呂岳的道人，會同他的兄弟陳庚前來協助徐芳，共破姜子牙的軍隊。

瘟：音ㄨㄣ。流行性的急性傳染病。

上大夫：大音ㄉㄞˋ。是一種官名。

呂岳及陳庚在關前擺設了一個陣法名叫「瘟皇陣」，陣內二十一把瘟皇傘按八卦方位擺設。陣法擺設好後，呂岳便到西岐行營前下挑戰書，請姜子牙前來破陣。

姜子牙手執玉虛杏黃旗走入陣內，只見一把瘟皇傘往下一蓋，勢不可擋，幸虧姜子牙手拿玉虛杏黃旗，架住此傘。姜子牙注定遇此瘟皇陣，會有百日之災，百日一過，自然有人會來解救，他也只好憑著一把玉虛杏黃旗的保護，耐心的等待度過這百日的災厄。

百日將屆，西岐陣營來了一個長相古怪，騎著雲霞獸的道人。原來他就是紂王朝中的上大夫楊任，只因他忠言直諫紂王，遭紂王挖去雙目後，被道德眞君救回，將兩粒丹藥放在他的眼眶中，從此他的眼眶中就生出兩隻手，而手心裡卻長出兩隻眼睛來。
楊任告訴西岐眾將士，他是奉了道德眞君的指示前來解救姜子牙脫困。說完，就拿起一把五火神焰扇走進瘟皇陣中。
楊任走進陣中，拿起五火神焰扇搧了幾下，搧風所到之處俱成灰燼。呂岳、陳庚連同二十一把瘟皇傘不到一會兒工夫就化成飛灰。楊任破了瘟皇陣後，立刻把困在陣中的姜子牙攙扶回營。
姜子牙回營安養數日後，立刻對穿雲關發動全面攻擊。雷震子、哪吒飛在空中攻城，哪吒騎著風火輪飛入城內打開城門，西岐兵見城門大開，立刻一擁而入。穿雲關的守將徐芳就在這一場混戰中被擒回西岐軍營，斬首示眾。

西岐周兵攻克穿雲關後，繼續向潼關挺進。兩關相距只不過八十里，姜子牙的軍隊很快的就來潼關城外。姜子牙下令在此紮下營帳，並與眾將官商議取關事宜。

鎮守潼關的主將是余化龍，他有五個兒子，分別是余達、余兆、余光、余先、余德，其中余德曾得異人傳授旁門左道的法術。當姜子牙大軍進攻到關下，余德想到了一種厲害的法術來對付這些西岐兵。

半夜一更時分，兄弟五人沐浴淨身後，余德自懷中掏出青、黃、赤、白、黑五條手帕，依序鋪在地上；再拿出五個小斗兒，兄弟五人一人拿一個。一切布置就緒，接著余德作起法來，隨風飄來五方雲，將站在帕上的五個兄弟一起送到西岐軍營上空。

余氏兄弟們將斗兒中的東西抓起就向外撒，原來斗

小斗兒：斗是容量單位，在這兒是指裝東西的器具。

兒中裝的是毒痘，凡是肉體凡胎碰觸到了，立刻發熱，長出水痘，如果延遲醫治，甚至可能喪命。兄弟們將此毒痘潑撒在軍營四周，直到四更才返回關內。余德期待著不費一兵一卒之力，一週內便可使姜子牙全軍潰散。

果然，姜子牙所率六十萬兵馬全部遭受毒痘感染，渾身上下長出數不清的顆粒，動彈不得，姜子牙身上也長滿了黑點。全軍只有哪吒及楊戩倖免於難，因爲哪吒是蓮花化身，並非血肉之軀；楊戩當晚不在營中而被他躲過一劫。

就在全軍束手無策之際，只見半空中黃龍眞人及玉鼎眞人陸續趕來。玉鼎眞人見到姜子牙病勢危急的模樣，不禁嘆氣不已，隨即將徒弟楊戩召喚過來，命令他去火雲洞向神農聖人求解藥。

楊戩藉土遁來到火雲洞，向神農氏說明原委。神農氏取出三顆丹藥，一顆給武王服用；一顆給姜子牙；一顆用水化開，灑在軍營四處。楊戩臨行前，神農氏又摘下一株草藥，命他帶到人間留傳後世，這株草藥就是後世流傳，專治痘疹這類傳染病的「升麻」。

自從余德兄弟散布痘毒在周營後，他們每天飲酒作樂，只等待一週後去收拾他們。到了第八天，兄弟五人站上潼關城牆一看，只見周營充滿騰騰殺氣，士兵精神振奮。原來西岐士兵們已全被楊戩帶回的解藥救活了。

余氏兄弟覺得非常納悶，決定開城去一探究竟。余化龍及余氏兄弟五人帶兵殺出關來，想不到西岐軍隊早有防備，又因爲大家中過痘毒，人人恨他們恨得咬牙切齒，一見他們出城，每人都使出全力攻殺他們。

余氏兄弟在西岐衆將士的圍攻下一一陣亡，余化龍眼見五個兒子已死，於是大聲呼喊：「紂王，臣不能盡忠扶持帝業，爲子報仇，只有一死以報君恩！」說完就持劍自刎。余氏父子一死，姜子牙也順利的拿下潼關。姜子牙感念余氏父子的忠烈，命人將他們厚葬。

攻下了潼關，再往前行的下一個關口就是臨潼關。就在往臨潼關的半路上，碧遊宮的掌門祖師通天教祖擺了一道萬仙陣，碧遊宮門下衆門徒在此聚集，準備與玉虛宮門人進行一場仙佛大會戰。

通天教祖之所以會布置這個陣仗，其中是有一段緣由的。原來，當日在洪錦攻打佳夢關一戰，廣成子現身殺了火靈聖母，解救了姜子牙。事後廣成子將火靈聖母的法寶送回碧遊宮歸還通天教祖，卻想不到通天教祖受到身旁門徒的挑撥，誤會玉虛宮的門人瞧不起碧遊宮，於是擺設了這一個萬仙陣來顯示他們的神通廣大。

姜子牙及哪吒、楊戩等人都是玉虛宮的門徒，對於這個既定的劫數自然逃不掉。姜子牙將隨行而來的西岐將士安頓在潼關城內休養，並與眾人約束，待破陣之後再啓程前往臨潼關。隨即，姜子牙就帶著眾門徒趕赴萬仙陣。

好個萬仙陣，只聽一聲雷響，旋即煙霧散開，現出萬仙陣來。陣內高矮胖瘦、萬頭鑽動，聚滿了來自三山四海、長相怪異的雲遊道人。玉虛宮的門人站在遠處觀望，對這個陣法紛紛提出對付之道。兩方對峙，壁壘分明，大家都等候著自己的掌門教祖趕來赴會。

在一陣仙樂的引導下，玉虛宮的掌教元始天尊以及八景宮的老子陸續趕到。西方聖地的準提道人及接引道人兩位教祖也趕來助陣。衆門徒將這四位祖師爺迎進篷帳中，大家共商破陣事宜。

第二天，老子和元始天尊率領衆門徒前來看陣，只見通天教祖騎著奎牛自陣中走出來，當他見到老子和元始天尊兩位教祖，便拱手作揖，請他們入陣。

老子面帶怒色的說：「賢弟，當初我們三個師兄弟共同制定封神榜，當面彌封，衆人依其修行深淺在死後封神；而且，商朝氣數已盡，周室應運當興，這些都是順應天理的事情。爲什麼你卻要干涉姜子牙封神的任務，設下這個萬仙陣來殘害生靈呢？」

通天教祖生氣的說：「是你們縱容門下弟子來殺害我的門徒，如今你卻反而先來責怪我？」

奎：音ㄎㄨㄟˊ。星宿名，就是古文所說的「文曲星」。

三個師兄弟：這裡指的是老子、元始天尊和通天教祖。

元始天尊開口笑著說：「你就不要再多說了，既然你擺了這個陣，就將你的本領儘量施展開來，讓我們開開眼界吧！」

通天教祖聽完後，走進陣中，沒多久就布置了一個陣仗。他對老子和元始天尊說：「你們能破我的太極陣嗎？」首陣是準提道人收了截教的烏雲仙，原形是鼇魚。對方虯首仙自太極陣中提劍走出來說：「有誰敢進來與我一決勝負？」

準提道人建議由文殊廣法天尊去應戰，並交給他一支叫做「盤古旛」的小旗子，吩咐他用這盤古旛破太極陣。廣法天尊領命進陣，虯首仙立刻施法使得太極陣變得有如銅牆鐵壁一般，刀刃如山，廣法天尊便將盤古旛取出搖動，鎮住太極陣。

虯：音ㄑㄧㄡˊ。形容彎曲盤繞的樣子。

虬首仙見太極陣施展不開，正想逃脫之時，被廣法天尊以細妖繩制伏，帶回篷帳。元始天尊派南極仙翁將他打出原形，原來是一隻青毛獅子，元始天尊就將牠派給廣法天尊當坐騎。在很久以後，文殊廣法天尊成爲佛教中的文殊菩薩，而騎著一頭青毛獅子也成爲文殊菩薩的標記。

接著，普賢眞人以「太極符印」破了兩儀陣，制伏了靈牙仙。靈牙仙的原形原來是頭白象，牠也因此成爲普賢眞人的坐騎。普賢眞人後來也成爲佛教中的普賢菩薩。

通天教祖見到兩個門徒分別成爲兩位眞人的坐騎，心中非常憤怒，再派出金光仙出戰。元始天尊告訴慈航道人：「你與他有緣，就由你上陣吧！」

慈航道人領命進入四象陣，以「三寶玉如意」剋住四象陣，擒住金光仙。金光仙的原形是隻金毛犼，也被元始天尊指派為慈航道人的坐騎。慈航道人就是後來佛教中的觀音菩薩，祂的坐騎便是金毛犼。

玉虛門人連破萬仙陣中三個陣法，使得通天教祖失去耐性，於是率領眾仙來到陣前，準備決一死戰；老子和元始天尊也帶領了所有的門徒殺入萬仙陣中，打算一舉擊破萬仙陣。一場仙對仙的大會戰就此展開。

畢竟是邪不勝正，玉虛門人人數雖少，但是每個人都是道行深厚的修道之士；比較之下，碧遊宮門徒人數雖多，但是卻多是修行淺薄的飛禽走獸。玉虛門人在萬仙陣中大開殺戒，一場大戰的結果，死傷不計其數。

通天教祖眼見萬仙受到如此慘烈的屠殺，心中非常

犼：音ㄏㄡˇ。獸名，形狀像狗，會吃人。

痛心，但是他在老子、元始天尊、準提道人和接引道人四位教祖的圍攻下已經顯得招架不住，也就無暇顧及到其他門徒的安危。

萬仙陣被破，通天教祖正想帶著僅存的兩、三百名仙人逃開，忽然間，正南方上空出現瑞氣千條，異香襲襲，有一個老者拄著拐杖走來，原來是通天教祖的師尊鴻鈞道人來了。

鴻鈞道人將老子、元始天尊、通天教祖三個徒弟叫到跟前，訓斥他們身爲掌教師尊，竟然爲了小事而動了嗔念，使得生靈慘遭殺戮。鴻鈞道人接著自葫蘆裡取出三粒丹藥，要他們一人吞服一粒，他說：「這可不是去病長生的丹藥，你們從此各自回去修行，不得再戕害生靈。如果你們違背約定，腹中的丹藥就會發作，使你們

嗔：音ㄔㄣ。生氣、發怒。

戕：音ㄑㄧㄤˊ。傷害、殺害。

立刻死亡。」三位教祖聽完後，立刻向鴻鈞道人叩首拜謝老師慈悲。

鴻鈞道人的出現爲這一場仙人大會戰畫上休止符。他交代完事情後就起身告辭，帶著通天教祖離去。隨著他的離開，老子、元始天尊走過來告訴姜子牙：「我們和衆弟子們這就回去了，等你封過神後，我們再相會！」說完後就打道回府去了。

萬仙陣已破，姜子牙回到潼關報告武王，傳令起兵，前進臨潼關。靠著姜子牙門下奇人異士的協助，很快的殺了守將歐陽淳，攻下了臨潼關。

征服臨潼關，不幸土行孫、鄧嬋玉夫婦在澠池縣陣亡，但大軍還是獲得勝利。過了澠池縣，姜子牙的軍隊來到了黃河，渡過黃河就是孟津，也就是全國諸侯大會

澠：音ㄇㄧㄣˇ。水名。

師的地方。這時候已是隆冬的季節了。

姜子牙安排龍舟載武王過河，黃河白浪滔天，將武王嚇得面如土色。船行到河中，忽然捲起一個漩渦，由漩渦中出現一條大白魚，跳進船艙裡。姜子牙告訴武王：「恭喜大王，白魚跳入王舟，象徵紂王該滅，周室將興。」沒多久，風浪就平靜下來，武王也順利的渡過黃河。

在孟津，武王及姜子牙率領西方兩百位小諸侯，與東南北三大諸侯、六百小諸侯會合，大家齊聲反對紂王暴政，約定共同出兵前往朝歌城弔民伐罪。

弔民伐罪：起兵征討有罪的人，以撫慰民眾。

第十二回　東征凱旋封諸神

寒風凜冽的寒冬時節，紂王在鹿台上擺設了酒宴，與他寵愛的妲己一邊飲酒作樂，一邊欣賞樓外大雪紛飛的美景。雖然他知道各地諸侯會兵於孟津，大軍將要侵犯朝歌城，可是他一點兒也不擔心，因爲他派出的大將率兵在孟津抵抗諸侯的進犯，一下子連續殺了兩個小諸侯，抵擋住了諸侯們的攻勢。

沒多久雪就停了，陽光漸漸露出雲層。紂王偕同妲己來到欄杆前，憑欄俯看朝歌城白皚皚的漫漫積雪。忽

凜冽：音ㄌㄧㄣˇ ㄌㄧㄝˋ。非常寒冷的樣子。

皚：音ㄞˊ。潔白的樣子。

然間，紂王的眼光注視到了城的西門外有一條小河。

這條小河並不是天然生成的，是紂王挖取了此地泥土搭建鹿台而形成的一條小河溝，因此河水並不流通。經過剛才的一陣大雪，許多雪水注積於河中，造成行走不便，行人若要渡河，必須赤足而過。

紂王見到一個老人赤足涉水，毫不畏懼冰寒的河水，而且步伐穩健快速。而跟在老人後面，有一個年輕人也是赤足渡河，但是他卻顯得懼寒畏冷，步履緩慢。

站在高處的紂王看到了這一切，心中非常納悶，就問妲己：「眞是奇怪，竟有這等怪事！妳看！老人過河絲毫沒有怕冷的樣子，而且行走快速；年輕人過河反而害怕寒冷的冰水，步行緩慢，這不是違反常理嗎？」

妲己回答：「陛下有所不知。這老年人乃是在他的父母年輕力壯、精血正旺的時候懷孕所生的，所以他的骨髓盈滿，雖然到了老年，仍然不畏懼寒冷；相反的，這少年的父母一定是在他們年老時才生下他的，年老體衰、精血虧損，所生的兒子自然骨髓不滿，所以他雖然年輕，卻形同老邁，遇到寒冷自然會顯得畏怯。」

紂王笑著說：「這番話眞的使我覺得迷惑。一般來說，年紀輕的不怕冷，年老體衰的人比較怕冷。妳說的話眞是不同於常理。」

妲己接著又說：「陛下可派差官去將這兩人請來，便可知道究竟。」好奇的紂王聽了，立刻派人將這兩個渡水的老人和年輕人捉來宮中。

差官將這兩人捉回鹿台下，紂王命令士兵拿斧頭將老人和年輕人的脛骨砍斷，取來查驗。果然如妲己所

脛：音ㄐㄧㄥˋ。小腿。

說，老人的骨髓充盈，少年的骨髓空虛。而兩個可憐的無辜百姓，就只爲了印證妲己的話靈驗與否，平白無故的遭受砍骨的酷刑，喪命於鹿台之下。

紂王見到妲己冰雪聰明，撫摸著她的背說：「御妻眞是個神人！」妲己說：「我年輕時曾學過陰陽之術，勘驗陰陽，屢測屢中。剛剛那種斷脛驗髓的事，只不過是牛刀小試。譬如婦女懷孕，我一看就知道懷胎幾個月、是男是女、嬰兒面孔是朝向哪個方位，這些事都難不倒我。」

紂王聽了妲己的話，想到剛才斷脛驗髓是如此的神奇，孕婦的事也應當非常靈驗，於是馬上傳旨到民間捉拿幾個孕婦進宮。

差官在朝歌城大肆搜索尋訪，找到了三名孕婦，一起押到午門來。只見這些被抓的孕婦，與她們的丈夫在午門前難分難捨，呼天搶地，紛紛大叫：「我等百姓，既不犯天子法律，又不拖欠錢糧，爲什麼要捉拿我們的妻子呢？」正在衆人互相拉扯時，悲嚎的哀聲傳到大臣箕子的耳中。

箕子走出文書房，詢問之下大吃一驚，大罵：「眞是昏君，諸侯的軍隊已經兵臨城下，社稷將要不保，這時卻還聽信妖婦的話，造此無端罪孽。」於是就帶了微子等人到鹿台上見駕。

在鹿台上等著孕婦來查驗的紂王心已完全被妲己迷惑了，見到箕子等人前來拜見，完全聽不進他們所說的忠心諫言，這些忠言逆耳，只是惹得紂王更加發怒。在妲己的纔言下，箕子被剃去頭髮，囚禁爲奴。微子見大勢已無法挽回，就帶著太廟二十八代神位，含淚離開朝歌，前往他州隱姓埋名，以求保留商朝的命脈。後來孔子稱讚道：微子、箕子、比干爲殷商三仁。

紂王不顧民怨，將捉回的三名孕婦押到鹿台上。妲己指著一名孕婦說：「她腹中是男嬰，面朝左腋。」又指著另一名婦人說：「她的也是男嬰，面向右腋。」紂王命令武士用刀剖開她們的肚子一看，果眞毫釐不差。妲己再指著第三名婦女：「她腹中是女孩，面朝後背。」用刀剖開，也是完全正確。

紂王見識到妲己奇妙的相術之後，除了稱讚，更加對她佩服，加上箕子被囚，微子出走，從此他更加依賴妲己，行事也就更加荒唐。這時候，他還沒有感覺到商朝的命運已岌岌可危了。

岌岌：音ㄐㄧˊ ㄐㄧˊ。危險的樣子。

另一方面，天下四大諸侯、八百小諸侯會兵於孟津，共得兵力一百六十萬。紂王派到孟津與姜子牙軍隊作戰的袁洪被擒斬首後，大軍便在姜子牙元帥的統領下，整頓軍隊，一路來到朝歌城門下紮營。

雖然紂王殘暴失政，但是仍有少數忠心的將領爲商王盡忠。朝歌城城郭堅固，將領守城有法，姜子牙的軍隊雖然英勇，一時之間卻也難以攻下朝歌城。於是，姜子牙想出了一個策略，在不傷及百姓的情況下，使軍隊能夠順利進入朝歌城。

他告訴大家：「天子腳下的百姓早已被紂王殘暴虐待得苦不堪言。今日百姓被紂王砍骨剖胎，加上紂王濫施土木工事，使得百姓們痛恨入骨，恨不得生吃他的肉，剝他的皮。現在只要我們寫上告示，告訴衆人我們

城郭：城牆。

來拯救他們，百姓們自然會反叛紂王，我們也就可以進入朝歌城了。」

聽完姜子牙的說明，軍士們立刻寫了數十張告示，以箭由四面八方射入城中。果然，地方軍民父老早就對紂王的暴政痛恨入骨，當他們得知仁德的武王帶領了軍隊前來拯救他們，就趁著黑夜，將朝歌城四個城門打開，齊聲大呼，表達獻城的心意。姜子牙接受了獻城，隨即帶了兵馬進城，軍隊直驅午門。

正與妲己在宮中飲酒享樂的紂王，聽到外面殺聲震天，一問才知道朝歌城軍民獻出了城池，諸侯們已經將軍隊屯駐在午門。接著，午門官來報，指天下諸侯要紂王出宮答話，於是紂王慌亂的親自點齊了御林軍，騎上逍遙馬，手提金背刀，擺開鑾駕，走出午門來會見諸

鑾駕：皇帝出行時的車隊。

侯。

午門外姜子牙的軍隊整齊的排開來，軍紀肅穆森嚴，二十四對穿著大紅戰袍的軍政官左右排開成兩列，正中央大紅傘下是姜子牙騎著四不像。姜子牙的後面張著四把大紅傘，傘下分別是東伯侯姜文煥、南伯侯鄂順、北伯侯崇應鸞，以及武王姬發等四大諸侯。

姜子牙見到紂王走出午門，便上前行禮，接著就當著武王以及所有諸侯的面前，細數紂王的十大罪狀，指稱他：

「沈湎酒色，不敬上天，遠君子親小人，敗壞倫常。」

「聽信讒言，殺害皇后，廢元配而立妖妃。」

「殺害太子，不顧商朝王位命脈傳承，得罪宗

沈湎：爲某一種事物所迷醉而不自覺。

社。」
「設炮烙殘殺忠臣，使君臣之道蕩然無存。」
「欺騙四大諸侯進宮加以殺害，失信於天下諸侯。」
「濫用炮烙、蠆盆私刑殺害無辜。」
「設酒池肉林、造鹿台，剝削民間錢財，殘害人命。」
「欺侮大臣妻子賈氏，殺害黃貴妃，使得廉恥全失。」
「敲骨剖腹，供自己玩賞娛樂，荼毒無辜百姓。」
「挖賢臣比干的心做羹湯，殘忍慘毒，天下唯一。」
紂王聽完姜子牙陳述的十大罪狀，氣得臉色發青。

蕩然無存：全部失去，絲毫沒有存留。

荼毒：荼音ㄊㄨˊ。毒害。

只見八百諸侯齊聲吶喊：「殺了這個無道的昏君吧！」吶喊聲中，東伯侯姜文煥已騎馬提刀朝紂王砍殺過來。緊接著，南伯侯鄂順也騎馬趕上來助姜文煥一臂之力。

天下諸侯見到他們開打起來，爭先恐後的將紂王圍在核心，輪番上陣圍殺紂王。紂王畢竟勇猛，雖力戰眾諸侯，卻是越戰越有精神。他手中刀一揮，將南伯侯鄂順一刀砍死在馬下，但是一不留神，卻被東伯侯一鞭打中後背，幾乎墜馬。紂王只得慌忙的帶著御林軍逃進午門。眾諸侯一直追殺到午門前，見到午門緊閉才返回行營。

紂王進到內宮，他的三個寵愛的妃子妲己、胡喜妹及王貴人前來接駕。紂王見到三人，不覺一陣心酸。他說：「過去小看姬發和姜尚，如今後悔也來不及了。如果他們攻進宮中，我怎麼可能被他們俘擄？不如自殺以免被俘。只是想到妳們三人，在我死後，必定會成爲姬發的戰利品。我與妳們如此恩愛，如今竟然落得如此下場，眞是使人心痛。」說完，淚如雨下。

妲己含淚告訴紂王不用擔心，她們姊妹三人曾學過道術，通曉戰法，姊妹三人將於今晚去打劫周營，爲紂王立戰功。紂王聽後非常高興的說：「如果妳們眞能打敗這些逆臣，我又有什麼可擔心的呢？」

夜晚將近二更時分，妲己姊妹三人身穿甲冑，手提刀劍，騎著桃花馬，順著一陣妖風殺入周營。姜子牙料想紂王已敗，勝算在握，未曾提防三隻妖精會來偷襲，所以沒有嚴加戒備。三妖駕著妖風在行營裡橫衝直撞，殺得兵士們東倒西歪，束手無策。

打殺的聲音驚動了姜子牙和他的門人出帳觀看。姜子牙見到是三妖作怪，於是便在中軍帳前施起五雷正法來鎮壓邪氣。只見姜子牙把手一放，半空中一聲霹靂，嚇得三妖膽戰心寒，不敢戀戰，急忙使起一陣怪風，連人帶馬衝出周營，逃回午門。

守在午門外等候王妃劫營成功歸來的紂王，見到妲己姊妹回來，忙問勝負如何。妲己將遭遇敘述了一遍，紂王聽完只是低頭不語。不久之後，紂王沈重的對她們三人說：「這是天要滅亡我，已經無可挽回。從此就與妳們三人告別，妳們各自去求生吧！」說完後袍袖一揮，逕自往摘星樓走去。

狐狸精妲己、雉雞精胡喜妹及琵琶精王貴人眼見紂王離去，妲己告訴兩妖說：「紂王今日離去，必尋短見。我們數年來擔負的斷送商朝天下的任務也完成了，如今卻要往哪兒去才好呢？」三妖一陣議論之後，決定先返回軒轅墳自家巢穴，以後再做打算。

三妖離開宮中時，還趁機吃了幾個宮人後才動身。一陣風響，三妖乘風而起，正要往前飛去時，卻遇上楊戩、雷震子、韋護提著兵器迎面趕來。

原來，前一晚三妖打劫周營之後，姜子牙卜了一個金錢卦，知道是軒轅古墓中的三隻妖精在作怪，於是就傳令楊戩捉拿九頭雉雞精；命令雷震子捉拿九尾狐狸精；再派韋護捉拿玉石琵琶精。三個門徒領命後，卻不知該往何處捉妖，楊戩說：「紂王氣數已絕，三妖必定自宮中逃出，我們就到那兒去等候吧！」

果然被楊戩料中，三妖正要離開時，楊戩提起寶劍大叫：「怪物休走，我來了！」九頭雉雞精看見楊戩提劍趕來，便舉起手中寶劍一擋，說：「我們姊妹斷送了商朝的天下，成就你們的功名，你卻反而來害我，這還有沒有天理呀？」楊戩根本不理會她的說辭，舉劍就刺。

這時候，雷震子也舉起手中的黃金棍朝九尾狐狸精打來，卻被狐狸精的雙刀架住；韋護的降魔杵也與玉石琵琶精的繡鸞刀糾打在一起。

三妖與楊戩等三人還戰不到三個回合就趁機駕著妖光逃開，楊戩他們擔心有所閃失，緊緊的跟在後面追趕。楊戩眼看就要追趕上九頭雉雞精，於是便放出哮天犬。哮天犬的口一張，將雉雞頭咬掉一個，雉雞精顧不得疼痛，帶血沒命的往前奔逃。雷震子和韋護也跟在狐

杵：音ㄔㄨˇ。這裡指古時的兵器。

狸精和琵琶精的後面緊追不捨。

就在楊戩三人和三妖追趕之間，只見前方出現了兩面飄蕩的黃旗，香煙裊裊，遍地氤氳，原來是女媧娘娘駕到，特地來阻止三個妖怪的去路。

妖精們見到女媧娘娘來了，立刻跪下求娘娘救命。想不到女媧娘娘卻命令碧雲童子拿縛妖索將這三個妖怪綑綁起來，準備交給楊戩帶回去給姜子牙發落。

三個妖精又驚又怕的說：「啓稟娘娘，昔日是您用招妖幡派我們化身潛入紂王宮中去迷惑他，斷送他的天下。如今紂王的天下將要滅亡，我們正要回去向娘娘覆旨，您怎麼卻把我們綑綁起來呢？」

女媧娘娘告訴她們：「我派妳們去斷送紂王天下，原是配合上天氣數；誰料到妳們竟然殘害生靈，屠殺忠

氤氳：音ㄧㄣ ㄩㄣ。形容煙雲瀰漫的樣子。

惡貫滿盈：壞事做多了，受到應得的報應。

正法：依照法律執行死刑。

良，違背上天有好生之德的原則。今日妳們惡貫滿盈，理當正法。」三妖聽了低頭不語。

追趕三妖隨後而至的楊戩等三人見到女媧娘娘來到，連忙向前參拜。女媧娘娘把這三個妖精交代給楊戩，要他們將三妖帶回行營，交給姜子牙就地正法。

楊戩等人將三妖帶回行營，向姜子牙稟告女媧娘娘協助逮捕三妖的經過。姜子牙細數三妖的罪狀後，命令士兵押解這三個妖怪至軒轅門斬首正法，並由楊戩、雷震子、韋護擔任監斬官。

三妖被推到法場，雉雞精垂頭喪氣，琵琶精默默不語，只有那妲己，雖然全身被綑，卻仍然有如一塊無瑕美玉，鶯聲燕語，無限風情，她嬌滴滴的叫了幾聲將軍長、將軍短的，便把身旁的軍士叫得全身酥麻、目瞪口呆。

楊戩鎮住雉雞精，韋護壓住琵琶精，一聲號令，軍士們將兩個妖精斬了首級。只有雷震子監斬妲己的行刑軍士被妲己迷惑得動彈不得，雷震子發怒，喝令軍士動手，只見個個上前行刑的軍士都是如此。姜子牙得到報告，換了楊戩、韋護去監斬，情形還是一樣。

姜子牙了解這隻千年老狐狸非常難以對付，於是命令兵士擺設香案，拿出道人陸壓所贈的葫蘆，揭開了蓋子，一道白光射出，姜子牙鞠了個躬，請寶貝旋轉，那寶貝旋轉了兩、三圈，狐狸精妲己的頭已落在塵埃上。

姜子牙斬了三妖，將首級掛在轅門上。消息傳到紂王耳中，紂王登上五鳳樓，看見三位娘娘的首級掛在周營轅門，不覺心酸，淚如雨下。

正當紂王自怨自艾時，忽然聽見周營中一聲炮響，三軍吶喊攻城。紂王知道大勢已去，非人力可以挽回，於是便走下五鳳樓，穿過九間殿，逕往摘星樓而來。忽然間，由地捲起一陣怪風，將紂王罩住。

怪風中出現了蠆盆中冤死的鬼魂，咽咽哽哽，悲悲切切；接著姜皇后、黃娘娘、賈夫人的冤魂也一一出現了，他們全都上前扯住紂王，圍住他大罵昏君。紂王忽地兩目一張，元神衝出，將這些鬼魂撲散。

紂王上了摘星樓，想到昔日姬昌曾經演算過，說道他有自焚的厄運，如今想來，正是上天注定的命運，非人力所能操縱。紂王命令宦官搬來柴火，火一經點著，乘著風勢，須臾間便將摘星樓燒得四面通紅，煙霧漫天，只聽得一聲巨響，摘星樓倒塌，有如天崩地裂一

須臾間：臾音ㄩˊ。一會兒。

紂王自知大勢已去，自焚於摘星樓，商朝就此結束。

般，將紂王埋在火堆中，霎時就化爲灰燼。

紂王自焚於摘星樓，於是衆宮人及御林軍就打開午門，焚香迎接武王及衆諸侯進入九間殿。姜子牙也急忙傳令士兵們幫忙撲滅摘星樓的火焰。

武王來到摘星樓前，餘燼尚存，除了紂王之外，還有幾名無辜的宮人也被燒死，遺骸尚未燒盡，惡臭撲鼻。武王看了心中不忍，連忙交代士兵們將遺骸撿出去埋葬。武王接著又吩咐姜子牙，必須將紂王的骸骨另外撿出，以天子之禮來安葬。

衆諸侯隨著武王又來到了鹿台，上了台，見到各種奇珍異寶，看得人眼花目眩，武王不禁感嘆的說：「紂王如此奢靡，搜盡天下財物來滿足自己的慾望，國家怎麼能不滅亡呢？」於是便吩咐左右將鹿台上聚積的財寶散還給諸侯百姓，將屯積的稻粟糧食運出宮外救濟飢民。

這時，東伯侯姜文煥站出來說：「國家不可以一日無君。武王的仁德遍及四海，天下歸心，應該登上這個大位以安撫天下百姓的心。」姜文煥的話一說完，立刻獲得所有諸侯的附和。雖然武王一再謙讓辭謝，但是在所有諸侯的極力擁護下，武王也體會到若是拒絕了，則天下諸侯必定瓦解，亂事因此而生，老百姓就不能過太平的生活，如此一來就違背了當初東征的意義。於是，武王答應了諸侯們的要求，登上天子的大位。

登位大典的祭壇很快就造好了。姜子牙請武王登壇，天下八百諸侯齊列於兩旁，武王的弟弟周公旦高捧祝文上台宣讀，昭告皇天后土、宗廟社稷：西岐武王姬發正式即天子大位，國號爲「周」。武王即位的這一年就是大周元年，正式結束了商朝統治中國的時代，開啓了周朝治理中國的新紀元。

武王就位之後，大赦天下罪民，任用賢能爲官，重視百姓教化，散發鹿台財寶，發放穀倉糧食，使得全國百姓得以安居樂業，天下呈現煥然一新的太平景象。武王等一行人在朝歌城待了十餘天，各地諸侯們都紛紛帶領自己的軍隊返回封地，武王也準備啓程歸返西岐。

紂王雖然已經自殺身亡，但是他還留下一個兒子武庚。宅心仁厚的周武王不忍殺他，還將朝歌城分封給他，以維繫商王的命脈，再指派管叔鮮、蔡叔度兩位親王監理國政，以防止商王後裔叛亂。

武王將朝歌城交代兩位親王監管後，王駕就準備啓

王駕：指武王的車隊。

程。只見城中老百姓扶老攜幼跪於道路兩旁，哭著請求武王留下，武王安慰他們說：「我已經派了兩個王爺監管此地，有他們在這兒，就如同我在此地一樣。」百姓們慰留不住武王，只好哭著送他一程。

武王一行離開朝歌，循著昔日東征的路途返回西岐。武王想到景色依舊，但是人事已非，心情也完全不同，不禁感嘆萬分。

大軍回到西岐城，萬民空巷，爭先恐後出城迎接。武王在衆人的簇擁下回到宮中，大擺慶功宴請文武百官，君臣歡宴，喝到酩酊大醉才盡歡而散。

當年姜子牙的結縭妻子馬氏，因爲嘲笑姜子牙不能成大器而棄他離去，這時聽到姜子牙八十歲封相，輔佐武王伐紂，成就了武王登位、天下歸周的大業，不禁羞

結縭：縭音ㄌㄧˊ。結縭是結婚的意思。

愧萬分，懸梁自縊而亡，一道魂魄飛往封神台報到。

姜子牙扶周滅紂的任務已經完成，眼前還剩下的一件重擔就是封神的任務。姜子牙向周武王稟明這件事之後，就藉著土遁前往崑崙山拜見師尊元始天尊，要請來玉符金冊來封衆神。

元始天尊見到姜子牙，早已知道他的來意，就要他先回西岐相府等候，玉符勅令隨後就到。就在姜子牙回到相府沒多久，果然元始天尊就派白鶴童子帶了玉符勅令來到。姜子牙親自迎接師尊的符勅，捧了符勅立刻趕往西岐山封神台。

姜子牙進了封神台，將符勅供奉在神壇前，傳令武吉和南宮适立起八卦紙幡，又命令他們兩人帶領三千人馬按照五行方位排列。等到一切吩咐妥當後，姜子牙沐浴更衣，拈香獻花、斟酒，又命令柏鑑率領諸神在台下聽候元始天尊的敕書。

玉虛宮元始天尊的敕書特令姜子牙代爲封神，姜子牙在台上宣讀敕書完畢後，將玉符敕令放置於神桌上，全身披戴甲胄，左手拿著杏黃旗，右手執打神鞭，站在中央大呼：「柏鑑，將封神榜張掛於台下，諸神循序漸進聽封！」柏鑑聽令將封神榜張掛公布，諸神都簇擁上前觀看。

封神榜的榜首就是柏鑑，柏鑑一看，立刻拿著引魂幡跪在壇前聽候姜子牙封誥。因柏鑑是軒轅黃帝時代的大將，征討蚩尤有功，不幸死於北海。姜子牙依元始天尊的命令，封他爲統領三界八部三百六十五位正神的首領，柏鑑叩頭謝恩後退下。

簇擁：音ㄘㄨˋㄩㄥˇ。表示受到熱烈包圍，攢聚蜂擁。

誥：音ㄍㄠˋ，上級告訴下級。

接著，柏鑑手執百靈幡，自陰風淒淒的封神台下，陸陸續續引導衆神上台聽候姜子牙封誥。凡是爲國盡忠陣亡的忠臣烈士，遭逢劫難的仲仙皆在受封之列，合計勅封三百六十五位正神，其中：

黃飛虎被勅封爲五嶽之首的泰山天齊仁聖大帝，掌管天地人間吉凶禍福，兼管幽冥地府十八重地獄。

聞仲受封爲九天應元雷聲普化天尊，爲雷部正神，率領雷部天君執行興雲布雨、生養萬物的工作。

呂岳被封爲瘟皇昊天大帝，率領瘟部使者在民間爲百姓解決傳染疾病之苦痛。

殷郊爲值年歲君太歲之神，管人間當年禍福。

趙公明爲金龍如意正乙龍虎玄壇眞君，率招寶、納珍、招財、利市四位正神，執掌人間迎祥納福的工作。

王魔、楊森、高友乾、李興霸四人受封爲鎮守靈霄寶殿的四聖大元帥。

魔禮青、魔禮紅、魔禮海、魔禮壽被封爲四大天王，執掌風、調、雨、順的職責。

鄭倫、陳奇被封爲哼哈二將，奉令鎮守西方釋教山門，負責宣揚教化，保護法寶。

姜子牙封罷所有正神，衆神們向他叩首謝恩，紛紛離開封神台，前往新的工作崗位報到。不一會兒，封神台邊凄凄陰風盡息，紅日當中，和風徐徐吹拂過來。姜子牙走下封神台，率領文武百官返回西岐，封神的任務至此終於大功告成。

第二天的早朝，姜子牙上奏武王：「衆神已經受封，各分執掌，享受人間煙火，保國佑民。如今當務之急的工作就是分封土地、爵祿給天下諸侯、征戰有功的將士，以崇德報功之義，以固王室之本。」武王聽了說：「我早就有這樣的想法，只是想等你封神的工作完成後再談。」

武王的話才剛說完，李靖、楊戩等人立刻站出說：「我們原本是山谷野人，奉師尊的法旨下山戡定禍亂。如今天下太平，我們也該返山回覆師令。紅塵富貴並非我們所求，請求陛下允許我們歸山。」

雖然武王執意慰留，但是李靖等人去意已堅，武王只得傳旨擺駕，親自送他們出城。後來李靖、金吒、木吒、哪吒、楊戩、韋護、雷震子等七個人都修行得道，肉體成聖。

武王依依不捨的送走七人後，就立刻指派姜子牙和周公旦制定分封儀式制度。分封儀式制定完成，經武王裁示後，於隔日在金殿上由周公旦唱名敕封，凡是前朝帝王後裔、王親國戚、有功大臣皆在受領爵位及封土之列。爵位分為公、侯、伯、子、男五等，依其爵位職等分封領土，合計分封七十二個諸侯。

分封諸侯之後，武王體諒到姜子牙已是個年邁的老人，於是命他為諸侯之長，賞賜他無數珠寶，命他回到齊國封地，安享清福。姜子牙叩拜謝恩，武王親率百官送他至南郊。姜子牙到了封地齊國，治國有法，不到五個月而齊國大治。後來齊桓公在管仲的輔佐下稱霸春秋，這是以後的歷史，不在此敘述。

武王留下御弟周公旦及召公奭在朝輔佐國政，又將首都遷移至當時天下的中心鎬京。國家在武王的領導

後裔：裔音ㄧˋ。指後世子孫。

鎬京：古地名，在現在陝西省長安縣西北，是周武王建都的地方。

下，萬民安居樂業，海內清平。後來武王崩殂，成王繼位，由周公旦擔任宰相，率軍東征，平定了紂王遺族武庚的叛變，使得天下再現太平景象。

姜子牙助周伐商，斬將封神，解救人民於水深火熱之中，開啓周朝統治中國的新紀元；周公旦輔佐成王，戡定內亂，奠定周朝治理中國八百年的基礎。姜子牙和周公旦這兩個人的豐功偉業，並不會隨著時光的消逝而磨滅，封神演義的故事也到此告一段落。

中國古典名著少年版⑦

封神榜

1998年7月初版　　定價：新臺幣220元
2019年9月初版第五刷

原　著　許仲琳
改　寫　張慈娟
插　畫　林鴻堯
叢書主編　黃惠鈴
編輯主任　陳逸華

出版者　聯經出版事業股份有限公司
地址　新北市汐止區大同路一段369號1樓
編輯部地址　新北市汐止區大同路一段369號1樓
叢書主編電話　(02)86925588轉5312
台北聯經書房　台北市新生南路三段94號
電話　(02)23620308
台中分公司　台中市北區崇德路一段198號
暨門市電話　(04)22312023
台中電子信箱　e-mail：linking2@ms42.hinet.net
郵政劃撥帳戶第0100559-3號
郵撥電話　(02)23620308
印刷者　世和印製企業有限公司
總經銷　聯合發行股份有限公司
發行所　新北市新店區寶橋路235巷6弄6號2F
電話　(02)29178022

總編輯　胡金倫
總經理　陳芝宇
社長　羅國俊
發行人　林載爵

行政院新聞局出版事業登記證局版臺業字第0130號

本書如有缺頁，破損，倒裝請寄回台北聯經書房更換。　ISBN 978-957-08-1825-3 (平裝)
聯經網址 http://www.linkingbooks.com.tw
電子信箱 e-mail:linking@udngroup.com

國家圖書館出版品預行編目資料

封神榜／許仲琳原著．張慈娟改寫．林鴻堯插畫．
初版．新北市：聯經，1998年
368面；14.8×21公分．（中國古典名著少年版；7）
ISBN 978-957-08-1825-3(平裝)
[2019年9月初版第五刷]

859.6 87008231